Paulo Coelho

Der Alchimist

Roman
Aus dem Brasilianischen von
Cordula Swoboda Herzog

Diogenes

*Für J., der die Geheimnisse des Großen Werks kennt
und von ihnen Gebrauch macht*

Als sie aber weiterzogen, kam er in ein Dorf. Da war eine Frau mit Namen Marta, die nahm ihn auf.

Und sie hatte eine Schwester, die hieß Maria; die setzte sich dem Herrn zu Füßen und hörte seiner Rede zu.

Marta aber machte sich viel zu schaffen, ihm zu dienen. Und sie trat hinzu und sprach: Herr, fragst du nicht danach, daß mich meine Schwester läßt allein dienen? Sage ihr doch, daß sie mir helfen soll!

Der Herr aber antwortete und sprach zu ihr: Marta, Marta, du hast viel Sorge und Mühe.

Eins aber ist not. Maria hat das gute Teil erwählt; das soll nicht von ihr genommen werden.

Lukas, 10: 38–42

Prolog

Der Alchimist nahm ein Buch zur Hand, das jemand, der mit der Karawane gekommen war, mitgebracht hatte. Das Buch hatte keinen Einband, dennoch konnte er den Autor ausmachen: Oscar Wilde. Beim Durchblättern fand er eine Geschichte über *Narziß*. Natürlich war dem Alchimisten die Sage des schönen Jünglings Narziß bekannt, der jeden Tag seine Schönheit im Spiegelbild eines Teiches bewunderte. Er war so von sich fasziniert, daß er eines Tages das Gleichgewicht verlor und ertrank. An jener Stelle wuchs am Ufer eine Blume, die den Namen Narzisse erhielt. Doch Oscar Wilde beendete seine Geschichte anders. Er erzählt, daß nach dem Tod des Jünglings Oreaden erschienen, Waldfeen, die statt eines Teichs mit süßem Wasser einen Tümpel voll salziger Tränen vorfanden.

»Warum weinst du?« fragten die Feen.

»Ich trauere um Narziß«, antwortete der Teich.

»Oh, das überrascht uns nicht, denn obwohl wir alle hinter ihm herliefen, warst du doch der einzige, der seine betörende Schönheit aus nächster Nähe betrachten konnte.«

»War Narziß denn so schön?« verwunderte sich der See.

»Wer könnte das besser wissen als du?« antworteten die Waldfeen überrascht. »Schließlich hat er sich täglich über dein Ufer gebeugt, um sich zu spiegeln.«

Daraufhin schwieg der See eine Weile. Dann sagte er: »Zwar weine ich um Narziß, aber daß er so schön war, hatte ich nie bemerkt. Ich weine um ihn, weil sich jedesmal, wenn er sich über meine Wasser beugte, meine eigene Schönheit in seinen Augen widerspiegelte.«

»Was für eine schöne Geschichte«, sagte der Alchimist.

Erster Teil

I

Der Jüngling hieß Santiago. Es fing bereits an zu dämmern, als er mit seiner Schafherde zu einer alten, verlassenen Kirche kam. Das Dach war schon vor geraumer Zeit eingestürzt, und ein riesiger Feigenbaum wuchs an jener Stelle, an der sich einst die Sakristei befand.

Er entschloß sich, die Nacht hier zu verbringen. Er trieb alle Schafe durch die zerfallene Tür und legte einige Bretter so davor, daß ihm die Tiere während der Nacht nicht entwischen konnten. Zwar gab es keine Wölfe in jener Gegend, aber einmal war ihm eines der Tiere während der Nacht entkommen, und er hatte den ganzen folgenden Tag mit der Suche nach dem verirrten Schaf verbracht.

Dann breitete er seinen Mantel auf dem Fußboden aus, legte sich nieder und nahm das Buch, in dem er gerade gelesen hatte, als Kopfkissen. Vor dem Einschlafen überlegte er sich, daß er in Zukunft dickere Bücher lesen sollte, weil man länger etwas davon hatte und weil sie eine bequemere Kopfstütze abgaben.

Es war noch finster, als er erwachte. Als er nach oben schaute, sah er die Sterne zwischen den Dachbalken durchscheinen.

›Eigentlich wollte ich noch weiterschlafen‹, dachte er bei sich. Wieder hatte er den gleichen Traum gehabt wie vor einer Woche, und wieder war er vor dessen Ende aufgewacht.

Er erhob sich und trank einen Schluck Wein. Dann nahm er seinen Hirtenstab und begann, die Schafe zu wecken, die alle noch schliefen. Ihm war aufgefallen, daß die meisten Tiere, wenn er aufwachte, ebenfalls wach wurden, als ob ein geheimnisvoller Gleichklang sein Leben mit dem der Schafe verband, die seit nunmehr zwei Jahren mit ihm auf der Suche nach Wasser und Nahrung übers Land gezogen waren.

›Sie haben sich schon so an mich gewöhnt, daß sie meinen Rhythmus kennen‹, dachte er. Aber nach kurzer Überlegung kam er zu dem Schluß, daß es auch umgekehrt sein könnte: Er selber hatte sich dem Rhythmus seiner Schafe angepaßt!

Einige unter den Tieren brauchten etwas länger zum Aufstehen. Der Jüngling weckte sie mit seinem Stab und rief dabei ein jedes bei seinem Namen. Er hatte immer schon geglaubt, daß die Schafe verstanden, was er sagte. Darum las er ihnen auch gelegentlich Abschnitte aus Büchern vor, die ihn besonders beeindruckten, oder er philosophierte über die Einsamkeit und die Freuden eines Schafhirten, oder er kommentierte die letzten Neuigkeiten, die er in den Orten erfahren hatte, durch die er zu ziehen pflegte.

Seit zwei Tagen jedoch sprach er beinahe nur noch über eines: die Kaufmannstochter, die in jener Kleinstadt lebte, welche sie in vier Tagen erreichen würden. Im letzten Jahr war er zum ersten Mal dort gewesen. Der Kaufmann war Tuchhändler und hatte darauf bestanden, daß die Schafe vor seinem Geschäft geschoren würden, um jeden Betrug zu

vermeiden. Ein Bekannter hatte den Laden empfohlen, und
so brachte der Hirte seine Schafe jetzt dorthin.

2

»Ich muß Wolle verkaufen«, hatte er damals zum Kaufmann gesagt. Der Laden des Mannes war voll Kundschaft,
so daß der Händler den Schäfer bat, sich bis zum späten
Nachmittag zu gedulden. Dieser setzte sich auf den Geh-
steig vor das Geschäft und nahm ein Buch aus seinem Rucksack.

»Ich wußte ja gar nicht, daß Hirten lesen können«, bemerkte eine weibliche Stimme an seiner Seite.

Sie war mit ihren langen schwarzen Haaren und den Augen, die vage an die maurischen Eroberer erinnerten, ein
typisches Mädchen Andalusiens.

»Weil Schafe mehr lehren können als Bücher«, erwiderte
der Jüngling.

Sie unterhielten sich über zwei Stunden lang angeregt.
Das Mädchen sagte, sie sei die Tochter des Händlers, und
erzählte vom Leben in ihrem Ort, wo ein Tag dem anderen
glich. Der Schäfer seinerseits berichtete über die Landschaft
Andalusiens und die Neuigkeiten aus den Ortschaften, die
er besucht hatte. Er war glücklich, mit jemand anderem als
mit den Schafen reden zu können.

»Wie hast du denn lesen gelernt?« wollte das Mädchen
wissen.

»In der Schule, wie alle anderen auch«, erwiderte der junge Mann.

»Aber wenn du doch lesen kannst, weshalb bist du dann nur ein einfacher Schafhirte geworden?«

Nun wurde der Jüngling verlegen, er wich der Frage aus, weil er überzeugt war, daß sie ihn nicht verstehen würde. Statt dessen berichtete er weiter von seinen Reisen, und die maurischen Augen wurden vor Staunen und Verblüffung bald groß und bald ganz schmal. Und während die Zeit dahinfloß, begann er im stillen zu hoffen, daß dieser Tag niemals enden möge, oder daß der Vater des Mädchens ihn noch weitere drei Tage warten ließe. Er verspürte zudem einen ihm bisher unbekannten Wunsch – den Wunsch, seßhaft zu werden. Mit dem Mädchen an seiner Seite würden die Tage gewiß nie langweilig werden.

Doch dann erschien der Kaufmann, hieß ihn vier Schafe scheren, gab ihm seinen Lohn und bat ihn, im kommenden Jahr wieder vorbeizuschauen.

3

Jetzt waren es nur noch vier Tagesreisen bis zu jener Ortschaft. Er war aufgeregt und zugleich verunsichert: Vielleicht hatte ihn das Mädchen ja längst vergessen, denn schließlich kamen viele Hirten hier vorbei, um Wolle zu verkaufen.

»Das wäre auch egal«, sagte der Jüngling laut zu seinen

Schafen, »schließlich kenne ich ja noch andere Mädchen in anderen Städten.«

Aber im Grunde seines Herzens wußte er sehr wohl, daß es ihm doch nicht egal war. Und daß sowohl Hirten als auch Matrosen oder Handlungsreisende immer irgendeinen Ort kannten, wo es jemanden gab, bei dem sie die Freude vergaßen, frei durch die Welt zu reisen.

4

Der Tag brach an, und der Hirte trieb seine Schafe in Richtung Sonnenaufgang.

›Die brauchen nie selber eine Entscheidung zu fällen‹, dachte er. ›Deshalb bleiben sie bei mir.‹

Das einzige Bedürfnis, das die Schafe hatten, war fressen und trinken. Solange er sie auf die sattesten Wiesen von Andalusien führte, würden sie seine Freunde sein. Selbst wenn ein Tag dem anderen glich, mit eintönigen Stunden, die sich zwischen Sonnenaufgang und -untergang dahinschleppten, selbst wenn sie in ihrem kurzen Leben nie ein Buch lesen und die Sprache der Menschen nie verstehen würden, die sich die Neuigkeiten aus den Ortschaften erzählten. Sie wären zufrieden mit Wasser und Nahrung, und das würde genügen. Als Gegenleistung würden sie großzügig ihre Gesellschaft bieten, ihre Wolle und manchmal sogar ihr Fleisch.

›Wenn ich mich plötzlich in eine Bestie verwandelte

und eines nach dem anderen abschlachtete, so würden sie es wohl erst bemerken, wenn ihre Herde schon so gut wie ausgerottet war‹, dachte der Jüngling. ›Denn sie vertrauen mir und vertrauen nicht länger auf ihren eigenen Instinkt. Nur, weil ich sie zu Nahrung und Wasser leite.‹

Der junge Mann wunderte sich über seine eigenen Gedanken. Vielleicht war diese alte Kirche mit dem Feigenbaum irgendwie verhext gewesen. Immerhin war sie daran schuld, daß er einen Traum zum zweiten Mal träumte, und mit einem Mal Wut gegenüber seinen so treuen Gefährten empfand. Er trank einen Schluck Wein, der noch vom Abendbrot übriggeblieben war, und zog den Mantel enger um sich. Es war ihm klar, daß es in einigen Stunden, wenn die Sonne senkrecht stand, zu heiß sein würde, um seine Schafe über die Felder zu führen. Es war die Tageszeit, in der im Sommer ganz Spanien Siesta machte. Die Hitze hielt bis in die Abendstunden an, und die ganze Zeit über mußte er seinen Mantel mitschleppen. Aber jedesmal, wenn er sich über die Last beklagen wollte, fiel ihm wieder ein, daß er es diesem verdankte, wenn er morgens nicht zu frieren brauchte.

›Auf die Launen des Wetters müssen wir immer vorbereitet sein‹, dachte er und freute sich über das Gewicht des Mantels.

So hatte sein Mantel einen Sinn, wie sein Leben auch einen hatte. Nach zwei Jahren kannte er nun schon alle Städte Andalusiens auswendig, und der große Sinn seines Lebens war: zu reisen. Er nahm sich vor, diesmal dem Mädchen zu erklären, warum ein einfacher Hirte lesen konnte: Bis zu seinem sechzehnten Lebensjahr hatte er eine Klosterschule besucht. Seine Eltern wollten, daß er Priester würde, worauf eine einfache Bauernfamilie Grund hatte, stolz zu sein. Denn auch sie hatten bisher nur für Nahrung und Wasser gelebt, wie seine Schafe. So erhielt er Unterricht in Latein, Spanisch und Theologie. Aber seit seiner Kindheit träumte er davon, die weite Welt kennenzulernen, und das war ihm viel wichtiger, als Gott und die Sünden der Menschen kennenzulernen. Eines Nachmittags, als er seine Eltern besuchte, faßte er sich ein Herz und verkündete seinem Vater, daß er kein Priester werden, sondern reisen wolle.

5

»Menschen aus der ganzen Welt sind schon durch diesen Ort gekommen, mein Sohn«, sagte damals sein Vater. »Sie kommen auf der Suche nach neuen Dingen, aber sie bleiben dabei dieselben. Sie gehen auf den Hügel, um die Burg zu besichtigen, und glauben, daß die Vergangenheit besser war als die Gegenwart. Sie haben blonde Haare oder dunkle Haut, aber im Grunde sind sie alle so wie die Leute in unserem Ort.«

»Aber ich kenne nicht die Burgen in ihren Ländern«, entgegnete der Jüngling.

»Wenn sie unsere Gegend und unsere Frauen kennenlernen, dann sagen diese Männer, daß sie für immer hierbleiben möchten«, fuhr sein Vater fort.

»Auch ich würde gerne die Frauen und die Länder kennenlernen, aus denen sie kommen«, bekannte der Jüngling. »Denn hierbleiben tun sie doch nie.«

»Diese Männer haben die Taschen voll Geld«, sagte wieder der Vater. »Bei uns reisen nur die Hirten.«

»Dann werde ich Hirte.«

Darauf entgegnete der Vater nichts mehr. Am folgenden Tag gab er ihm eine Geldbörse mit drei alten spanischen Goldmünzen.

»Ich habe sie vor längerer Zeit auf dem Feld gefunden. Es sollte eigentlich für deine Aufnahme in die Kirche dienen. Kaufe dir eine Herde davon und ziehe durch die Welt, bis du gelernt hast, daß unsere Burg das wichtigste ist und unsere Frauen die schönsten sind.« Und er gab ihm seinen Segen. In den Augen des Vaters konnte er auch den Wunsch lesen, in die weite Welt hinauszuziehen. Eine Sehnsucht, die in ihm fortlebte, trotz der Jahrzehnte, in denen er versucht hatte, sie über Wasser und Nahrung und einem festen Platz zum Schlafen zu vergessen.

6

Der Horizont färbte sich rot, und die Sonne ging auf. Der Jüngling erinnerte sich jetzt an diese Unterhaltung mit seinem Vater und fühlte sich glücklich; er hatte inzwischen schon viele Burgen und viele Frauen kennengelernt – aber keine wie jene, die ihn in einigen Tagen erwartete. Er besaß einen Mantel, ein Buch, das er gegen ein anderes eintauschen konnte, und eine Schafherde. Das wichtigste aber war, daß er jeden Tag den Traum seines Lebens verwirklichen konnte: zu reisen. Wenn er die Weiten von Andalusien satt hätte, könnte er seine Schafe verkaufen und Seemann werden. Wenn er vom Meer genug hätte, könnte er all die Städte, die Frauen und all die Möglichkeiten zum Glücklichsein kennenlernen.

›Ich kann nicht verstehen, wie man Gott in einem Priesterseminar finden soll‹, dachte er, während er die aufgehende Sonne beobachtete. Wenn möglich, suchte er sich immer neue Wege. Nie zuvor war er in jener verlassenen Kirche gewesen, obwohl er schon öfter hier vorbeigezogen war.

Die Welt war groß und unerschöpflich, und wenn er seinen Schafen erlauben würde, ihn ein wenig zu führen, so würde er sicherlich noch mehr Interessantes entdecken.

›Allerdings bemerken sie nicht, daß sie täglich neue Wege beschreiten. Sie werden sich nicht bewußt, daß die Wiesen wechseln und auch die Jahreszeiten, weil sie einzig mit Wasser und Nahrung beschäftigt sind. Aber vielleicht geht es uns genauso‹, dachte der Hirte. ›Sogar ich denke an keine andere Frau mehr, seit ich die Tochter des Händlers kennengelernt habe.‹

Er sah zum Himmel und schätzte, daß er noch vor dem Mittag in Tarifa eintreffen würde. Dort konnte er sein Buch gegen ein dickeres eintauschen, seine Weinflasche nachfüllen, sich rasieren und sich die Haare schneiden lassen; er wollte schließlich vorbereitet sein für die Begegnung mit dem Mädchen und mochte gar nicht daran denken, daß womöglich ein anderer Schäfer mit einer größeren Herde vor ihm dagewesen war und um ihre Hand angehalten hatte.

›Erst die Möglichkeit, einen Traum zu verwirklichen, macht unser Leben lebenswert‹, überlegte er, während er nochmals zum Himmel aufschaute und seine Schritte beschleunigte. Ihm war nämlich gerade eingefallen, daß es in Tarifa eine Alte gab, die Träume deuten konnte. Und vergangene Nacht hatte er erneut denselben Traum gehabt.

7

Die Alte führte den Besucher zu einem Raum im hinteren Teil des Hauses, der vom Wohnzimmer durch einen Vorhang aus bunten Plastikstreifen abgetrennt war. Dort gab es einen Tisch, zwei Stühle und ein Bildnis von Jesus von Nazareth.

Die Alte nahm Platz und forderte ihn auf, es ihr nachzutun. Dann ergriff sie beide Hände des Jünglings und betete leise. Es klang nach einem Zigeunergebet. Er war schon etlichen Zigeunern auf seinem Weg begegnet; sie reisten, auch ohne Schafe zu hüten. Die Leute behaupteten, daß das Leben eines Zigeuners darauf ausgerichtet sei, andere zu betrügen. Man sagte auch, daß sie im Bündnis mit den Dämonen wären und daß sie Kinder raubten, um sie als Sklaven in ihren düsteren Lagern zu halten. Als kleiner Junge hatte er immer schreckliche Angst gehabt, von den

Zigeunern verschleppt zu werden, und diese alte Erinnerung kam nun wieder hoch, während die Alte seine Hände festhielt.

›Aber sie hat ja ein Bild von Jesus an der Wand‹, versuchte er sich zu beruhigen. Er wollte nicht, daß seine Hände zu zittern begannen und die Alte womöglich seine Ängste bemerkte. Im stillen sprach er ein Vaterunser.

»Wie interessant«, bemerkte die Alte, ohne ihre Augen von seinen Händen abzuwenden. Und schwieg wieder.

Der Jüngling wurde immer unruhiger. Seine Hände begannen unwillkürlich zu zittern, und die Alte bemerkte es. Schnell zog er sie zurück.

»Ich bin nicht hier, um mir die Hand lesen zu lassen«, sagte er und bereute schon, überhaupt gekommen zu sein. Für einen Augenblick dachte er, daß es besser sei, sofort zu zahlen und zu verschwinden, ohne etwas erfahren zu haben. Er hatte einem wiederkehrenden Traum einfach zuviel Bedeutung beigemessen.

»Du willst etwas über Träume erfahren«, antwortete die Alte. »Und Träume sind die Sprache Gottes. Wenn er die Sprache der Welt spricht, kann ich sie deuten. Aber wenn er die Sprache deiner Seele spricht, so kannst nur du selber sie verstehen. Dennoch werde ich die Beratung berechnen.«

›Wieder so ein Trick‹, dachte der Jüngling. Trotzdem wollte er es wagen. Schließlich ging ein Hirte auch das Wagnis ein, Wölfen oder der Trockenheit zu begegnen, und das machte seinen Beruf erst spannend.

»Ich hatte den gleichen Traum zweimal hintereinander«, sagte er. »Ich träumte, daß ich mit meiner Herde auf der

Weide war, als plötzlich ein Kind erschien, das mit den Schafen zu spielen begann. Eigentlich mag ich nicht, wenn man meine Schafe stört, sie haben nämlich Angst vor Fremden. Aber Kinder können immer mit ihnen herumtoben, ohne daß sie sich erschrecken. Ich weiß nicht, warum. Wie können die Schafe wohl das Alter eines Menschen erkennen?«

»Komm endlich zur Sache«, unterbrach ihn die Alte. »Ich habe einen Topf auf dem Feuer. Außerdem hast du wenig Geld und kannst meine Zeit nicht so lange beanspruchen.«

»Das Kind spielte ein Weilchen mit den Schafen«, fuhr der Jüngling etwas verlegen fort. »Und auf einmal nahm es mich bei der Hand und führte mich zu den Pyramiden von Ägypten.«

Er machte eine kleine Pause, um die Wirkung seiner Worte abzuwarten. Aber die Alte blieb stumm.

»Dann, bei den Pyramiden von Ägypten«, die letzten drei Worte sprach er besonders betont, damit die Alte sie auch ja verstand, »sagte mir das Kind: ›Wenn du dorthin gelangst, wirst du einen verborgenen Schatz finden.‹ Und als es mir den genauen Ort zeigen wollte, wachte ich auf. Beide Male.«

Die Alte blieb noch ein Weilchen stumm. Dann griff sie erneut nach seinen Händen und begann, sie genauestens zu studieren.

»Ich werde dir jetzt nichts abverlangen«, sagte die Alte. »Aber ich möchte ein Zehntel deines Schatzes, wenn du ihn findest.«

Der Jüngling lachte vor Freude. Er durfte um eines erträumten Schatzes willen das bißchen Geld behalten, das er noch besaß. Sie mußte tatsächlich eine Zigeunerin sein – die sind ja so dumm.

»Also gut, dann deutet den Traum«, bat sie der Jüngling.

»Vorher mußt du mir noch schwören, daß du mir tatsächlich den zehnten Teil deines Schatzes abgibst als Lohn für das, was ich dir sagen werde.«

Der junge Mann schwor, und die Alte bat ihn, den Schwur vor dem Christusbild zu wiederholen.

»Hier handelt es sich um einen Traum in der Sprache der Welt«, sagte sie. »Ich kann ihn deuten, und es ist eine sehr schwierige Auslegung. Darum ist es nur gerecht, wenn mir ein Teil deines Fundes zusteht. Die Deutung ist folgende: Du sollst zu den Pyramiden von Ägypten gehen. Ich habe zwar noch nie etwas von ihnen gehört, aber wenn dir ein Kind den Weg gewiesen hat, dann gibt es sie wirklich. Dort wirst du dann einen Schatz finden, der dich sehr reich macht.«

Der Jüngling war erst überrascht, dann enttäuscht. Dafür hätte er nicht kommen müssen. Doch schließlich brauchte er auch noch nichts zu bezahlen.

»Für diese Auskunft hätte ich meine Zeit nun wirklich nicht zu verschwenden brauchen«, meinte er.

»Darum sagte ich bereits, daß es sich um einen schwierigen Traum handelt. Die einfachen Dinge sind die ungewöhnlichsten, die nur die Gelehrten verstehen können. Da ich aber keine Gelehrte bin, muß ich andere Künste anwenden, wie beispielsweise das Handlesen.«

»Und wie soll ich nun nach Ägypten kommen?«

»Ich kann Träume nur deuten. Ich kann sie nicht in

Wirklichkeit verwandeln. Darum muß ich auch von dem leben, was mir meine Töchter abgeben.«

»Und wenn ich niemals nach Ägypten komme?«

»Dann bleibe ich ohne Bezahlung. Das wäre nicht das erste Mal.«

Daraufhin sagte die Alte nichts mehr. Sie schickte den Jüngling fort, denn sie hatte schon genug Zeit mit ihm verloren.

8

Der Jüngling zog enttäuscht von dannen und nahm sich vor, nie mehr an Träume zu glauben. Ihm fiel wieder ein, daß er noch einiges zu erledigen hatte: Er besorgte sich Lebensmittel, tauschte sein Buch gegen ein dickeres ein, und dann setzte er sich auf eine Bank auf dem Marktplatz, um den Wein zu kosten, den er gekauft hatte.

Es war ein sehr heißer Tag, und der Wein vermochte ihn aus irgendeinem unerklärlichen Grund zu erquicken. Die Schafe waren am Ortseingang, im Stall eines seiner neuen Freunde, gut aufgehoben. Er kannte überhaupt eine Menge Leute in dieser Gegend, und darum reiste er auch so gerne. Man konnte immer wieder neue Freundschaften schließen und mußte nicht Tag für Tag mit denselben Leuten auskommen. Wenn man, wie im Seminar, immer dieselben Menschen um sich hat, dann lassen wir sie zu einem festen Teil unseres Lebens werden. Und wenn sie dann ein fester

Teil davon geworden sind, wollen sie unser Leben verändern. Und wenn wir dann nicht so werden, wie sie es erwarten, sind sie enttäuscht. Denn alle Menschen haben immer genaue Vorstellungen davon, wie wir unser Leben am besten zu leben haben. Doch nie wissen sie selber, wie sie ihr eigenes Leben am besten anpacken sollen. Wie jene Traumdeuterin, die nicht fähig war, die Träume Wirklichkeit werden zu lassen.

Er wollte noch warten, bis die Sonne tiefer stand, bis er mit seiner Herde weiterzog. In nur mehr drei Tagen würde er bei der Tochter des Händlers sein.

Nun begann er das Buch zu lesen, welches er vom Pfarrer von Tarifa bekommen hatte. Es war sehr dick und handelte gleich auf der ersten Seite von einer Beerdigung, und die Namen der Figuren waren sehr kompliziert. Wenn er eines Tages selber ein Buch schreiben würde, dachte er bei sich, so würde er immer nur jeweils eine Person nach der anderen in Erscheinung treten lassen, um den Leser nicht zu verwirren.

Als er sich endlich in die Lektüre vertiefen konnte – und sie war recht gut, denn sie handelte von einer Beerdigung im Schnee, was ihm ein Gefühl der Erfrischung unter dieser starken Mittagssonne vermittelte –, setzte sich ein alter Mann zu ihm auf die Bank und begann eine Unterhaltung.

»Was machen all die Leute?« fragte der Alte, während er auf die Menschen deutete, die über den Platz eilten.

»Arbeiten«, antwortete der Jüngling kurz und tat so, als sei er in die Lektüre vertieft. In Wirklichkeit aber dachte er jetzt daran, daß er die Schafe diesmal vor den Augen der Tochter des Händlers scheren würde, damit sie sah, was er für interessante Dinge beherrschte. Diese Szene hatte er sich schon öfter vorgestellt; und immer war das Mädchen verblüfft, wenn er ihr erklärte, daß Schafe von hinten nach vorne geschoren werden müssen. Auch versuchte er sich an ein paar gute Anekdoten zu erinnern, die er ihr während der Arbeit erzählen könnte. Die meisten kannte er aus irgendwelchen Büchern, aber er wollte sie so erzählen, als hätte er sie persönlich erlebt. Sie würde es sowieso nie merken, weil sie selber nicht lesen konnte.

Der Alte jedoch gab nicht auf. Er sagte, er sei müde und durstig, und bat um einen Schluck Wein. Der Jüngling reichte ihm die Flasche, in der Hoffnung, dann vielleicht seine Ruhe zu haben. Aber der Alte wollte sich unbedingt unterhalten. Er fragte, was er da gerade lese. Gerne wäre der Hirte jetzt unhöflich geworden und hätte die Bank gewechselt, aber sein Vater hatte ihm Respekt vor dem Alter beigebracht. So reichte er dem Alten das Buch aus zweierlei Gründen: erstens konnte er den Titel nicht richtig aussprechen, und zweitens würde der Alte, wenn er nicht lesen konnte, wahrscheinlich von sich aus die Bank wechseln, um sich nicht gedemütigt zu fühlen.

»Hmm...«, machte der Alte und betrachtete das Exemplar von allen Seiten, als handle es sich um einen seltenen Gegenstand. »Dies ist zwar ein wichtiges Werk, jedoch äußerst langweilig.«

Der Jüngling war überrascht. Also konnte der Alte auch lesen und kannte sogar dieses Buch. Wenn es tatsächlich so langweilig ist, wie er behauptet, dann wäre noch Zeit, es gegen ein anderes einzutauschen.

»Es ist ein Buch, das vom selben handelt wie alle anderen Bücher auch«, fuhr der Alte fort. »Der Unfähigkeit des Menschen, sein eigenes Schicksal zu wählen. Und schließlich bewirkt es, daß alle an die größte Lüge der Welt glauben.«

9

»Welches ist denn die größte Lüge der Welt?« fragte der Jüngling überrascht.

»Es ist diese: In einem bestimmten Moment unserer Existenz verlieren wir die Macht über unser Leben, und es wird dann vom Schicksal gelenkt. Das ist die größte Lüge der Welt!«

»Bei mir war es nicht so«, entgegnete der junge Mann. »Man wollte einen Geistlichen aus mir machen, aber ich habe mich entschlossen, Schafhirte zu werden.«

»So ist es besser«, meinte der Alte. »Schließlich reist du gerne.«

›Er hat meine Gedanken gelesen‹, überlegte der Jüngling. Der Alte blätterte inzwischen im Buch, ohne Anstalten zu machen, es zurückzugeben. Der Hirte betrachtete die ausgefallene Kleidung, die jener trug; er sah wie ein Araber aus, was in dieser Gegend keine Seltenheit war. Afrika lag nur wenige Stunden von Tarifa entfernt; man brauchte lediglich die schmale Meerenge mit einem Boot zu überqueren. Häufig erschienen Araber in der Stadt, um einzukaufen und mehrmals täglich eigenartige Gebete zu murmeln.

»Woher kommt Ihr?« fragte er.

»Von vielerorts.«

»Niemand kann von verschiedenen Orten gleichzeitig kommen«, sagte der Jüngling. »Ich bin ein Hirte und kenne viele Orte, aber herkommen tue ich aus einer einzigen Stadt, in der Nähe einer alten Burg. Dort bin ich geboren.«

»Dann kann man sagen, daß ich aus Salem komme.«

Der Jüngling hatte keine Ahnung, wo Salem lag, fragte jedoch nicht weiter, um sich keine Blöße zu geben. Er schaute eine Zeitlang dem Treiben der Leute auf dem Platz zu, die alle einen sehr geschäftigen Eindruck machten.

»Wie läuft es in Salem?« fragte der Jüngling, um auf eine Spur zu kommen.

»Wie immer.«

Das war noch keine Fährte. Er wußte nur so viel, daß Salem nicht in Andalusien lag. Sonst würde er es kennen.

»Und was machen Sie in Salem?« beharrte er weiter.

»Was ich dort mache?« Jetzt brach der Alte in ein herzliches Gelächter aus. »Ich bin der König von Salem!«

›Die Menschen reden oft merkwürdige Dinge‹, dachte der Hirte. ›Manchmal ist die Gesellschaft der Schafe wirklich vorzuziehen, sie sind stumm und suchen nur nach Wasser und Futter. Oder Bücher leisten uns Gesellschaft, die uns die aufregenden Geschichten immer dann erzählen, wenn wir sie hören möchten. Aber wenn man mit Menschen spricht, so kann es passieren, daß sie Dinge von sich geben, bei denen man nicht mehr weiterweiß.‹

»Mein Name ist Melchisedek«, sagte der Alte. »Wie viele Schafe hast du?«

»Genug«, antwortete der Jüngling mißtrauisch. Der Alte wollte zuviel über ihn erfahren.

»In dem Fall stehen wir vor einem Problem. Ich kann dir nicht helfen, solange du annimmst, daß du genug Schafe besitzt.«

Nun wurde der junge Mann ärgerlich. Schließlich hatte nicht er um Hilfe, sondern der Alte um Wein, Unterhaltung und das Buch gebeten.

»Gebt mir das Buch zurück. Ich muß jetzt meine Schafe holen und weiterziehen.«

»Wenn du mir den zehnten Teil deiner Schafherde gibst, dann erkläre ich dir, wie du an deinen verborgenen Schatz gelangen kannst«, sagte der Alte.

Jetzt fiel dem Jüngling der Traum wieder ein, und plötzlich erschien ihm alles ganz klar. Die alte Traumdeuterin hatte zwar nichts genommen, aber dafür würde ihn jetzt der Alte, der vielleicht ihr Mann war, für eine wertlose Auskunft ausnehmen. Sicherlich war er auch ein Zigeuner.

Bevor der Jüngling etwas erwidert hatte, beugte sich der Alte herunter, nahm ein Stöckchen zur Hand und begann im Sand zu schreiben. Beim Herabbeugen leuchtete etwas auf seiner Brust auf, das den jungen Mann stark blendete. Aber mit einer für sein Alter fast zu eiligen Bewegung zog der Greis seinen Mantel darüber. Als sich die Augen des Jünglings wieder beruhigt hatten, las er, was der Alte schrieb.

Im Sand des Marktplatzes standen die Namen seines Vaters und seiner Mutter. Er las die Geschichte seines bisherigen Lebens, seiner kindlichen Spiele, der kalten Nächte während des Seminars; er las den Namen der Kaufmanns-tochter, den er selber gar nicht kannte. Er las Dinge von sich, über die er noch mit niemandem gesprochen hatte – wie er die Waffe seines Vaters entwendete, um Hirsche zu jagen, oder die Geschichte seiner ersten, einsamen sexuellen Erfahrung.

10

»Ich bin der König von Salem«, hatte der Alte behauptet.

»Wieso unterhält sich ein König mit einem einfachen Hirten?« fragte der Jüngling beschämt und verwundert.

»Dafür gibt es mehrere Gründe. Aber der Hauptgrund liegt darin, daß du es geschafft hast, deinem persönlichen Lebensweg zu folgen.«

Der Jüngling wußte nicht, was ein persönlicher Lebens-weg war.

»Es ist das, was du schon immer gerne machen wolltest. Alle Menschen wissen zu Beginn ihrer Jugendzeit, welches ihre innere Bestimmung ist. In diesem Lebensabschnitt ist alles so einfach, und sie haben keine Angst, alles zu erträu-men und sich zu wünschen, was sie in ihrem Leben gerne machen würden. Indessen, während die Zeit vergeht, ver-sucht uns eine mysteriöse Kraft davon zu überzeugen, daß es unmöglich sei, den persönlichen Lebensweg zu verwirk-lichen.«

Was der Alte da sagte, ergab nicht viel Sinn für den Jüngling. Aber er wollte wissen, was die mysteriösen Kräfte waren; die Tochter des Händlers würde Augen machen.

»Das sind die Kräfte, die uns schlecht erscheinen, aber in Wirklichkeit helfen sie dir, deinen persönlichen Lebensplan zu erfüllen. Sie entwickeln deinen Geist und deinen Willen, denn es gibt eine große Wahrheit auf diesem Planeten: Wer immer du bist oder was immer du tust, wenn du aus tiefster Seele etwas willst, dann wurde dieser Wunsch aus der Weltenseele geboren. Das ist dann deine Aufgabe auf Erden.«

»Selbst wenn es nur der Wunsch zu reisen ist oder der, die Tochter des Tuchhändlers zu heiraten?«

»Oder der, einen Schatz zu suchen. Die Weltenseele wird von dem Glück der Menschen gespeist. Oder vom Unglück, von Neid und Eifersucht. Unsere einzige Verpflichtung besteht darin, den persönlichen Lebensplan zu erfüllen. Alles ist ein Ganzes. Und wenn du etwas ganz fest willst, dann wird das gesamte Universum dazu beitragen, daß du es auch erreichst.«

Eine Zeit lang schwiegen sie und beobachteten die Leute auf dem Marktplatz. Der Alte ergriff zuerst wieder das Wort.

»Warum hütest du Schafe?«

»Weil ich gerne reise.«

Der Alte deutete auf einen Obstverkäufer mit einem roten, zweirädrigen Karren, der an einer Ecke des Platzes stand.

»Dieser Obstverkäufer wollte als kleiner Junge auch immer reisen. Aber er zog es vor, einen kleinen Obstwagen zu kaufen, um einige Jahre Geld zu verdienen und zu sparen. Wenn er alt ist, wird er einen Monat in Afrika verbringen. Er hat nie verstanden, daß man immer in der Lage ist, das, was man sich erträumt, auch in die Tat umzusetzen.«

»Er hätte Hirte werden sollen«, überlegte der Jüngling laut.

»Er hat sogar daran gedacht«, sagte der Alte. »Aber die Obstverkäufer sind geachteter als die Hirten. Sie haben ein Haus, während die Hirten im Freien übernachten. Die Leute verheiraten ihre Töchter lieber mit einem Obstverkäufer als mit einem Hirten.«

Der Jüngling fühlte einen Stich im Herzen, als er an die Tochter des Händlers denken mußte. Sicherlich gab es in ihrer Stadt auch einen Obstverkäufer.

»Schließlich wird es für die Menschen wichtiger, was andere Leute über Obstverkäufer und über Hirten denken, als ihre innere Bestimmung zu erfüllen.«

Daraufhin blätterte der Alte in dem Buch und las ein wenig darin. Der junge Mann wartete ein Weilchen, um ihn dann zu unterbrechen, wie er selber unterbrochen worden war.

»Warum erzählt Ihr mir diese Dinge?«

»Weil auch du deiner inneren Bestimmung zu folgen versuchst und nun kurz vor dem Aufgeben stehst.«

»Und erscheint Ihr immer im kritischen Moment?«

»Zwar nicht immer in dieser Form, jedoch irgendwie tauche ich immer auf. Manchmal erscheine ich in Form eines guten Ausweges, einer guten Idee. Ein andermal, in einem entscheidenden Moment, erleichtere ich die Dinge. Und so weiter, aber die Mehrheit der Menschen bemerkt es nicht.«

Der Alte berichtete, daß er vergangene Woche einem Edelsteinsucher in Form eines Steines erschienen sei. Der Mann hatte alles aufgegeben, um Smaragde zu suchen. Fünf Jahre lang arbeitete er an einem Fluß und hatte bereits 999 999 Steine aufgeschlagen, auf der Suche nach einem Smaragd. Nun dachte der Edelsteinsucher ans Aufgeben – dabei fehlte doch nur noch ein Stein, ein einziger Stein, bis er seinen Smaragd finden würde. Weil auch dieser an seine Bestimmung geglaubt hatte, beschloß der Alte einzugreifen. Er verwandelte sich in einen Stein, der auf den Fuß des Mannes zurollte. Dieser aber warf, mit der ganzen Wut und Verzweiflung seiner fünf verlorenen Jahre, den Stein weit von sich. Er schleuderte ihn mit solcher Gewalt, daß er auf einen anderen Stein aufschlug, der davon zerbarst und den schönsten Smaragd der Welt in seinem Innern offenbarte.

»Die Menschen erkennen schon sehr früh ihren Lebensplan«, bemerkte der Alte mit Bitterkeit. »Vielleicht geben sie ihn gerade deswegen dann auch so früh wieder auf. Aber so ist es nun mal.«

Da erinnerte sich der Jüngling, daß die Unterhaltung mit dem verborgenen Schatz begonnen hatte.

»Schätze werden vom Strom an die Oberfläche getragen und wieder unter den Wassern begraben«, sagte der Alte. »Wenn du etwas über deinen Schatz erfahren willst, dann mußt du mir den zehnten Teil deiner Schafe geben.«

»Möchtet Ihr nicht lieber ein Zehntel des Schatzes haben?«

Nun war der Alte enttäuscht.

»Wenn du versprichst, was du noch gar nicht hast, dann wirst du den Willen verlieren, es zu erreichen.«

Daraufhin gestand der Jüngling, daß er der Zigeunerin bereits ein Zehntel versprochen hatte.

»Ja, die Zigeuner sind schlau«, sagte der Alte. »Immerhin ist es gut, wenn du lernst, daß alles im Leben seinen Preis hat. Das ist es, was wir Krieger des Lichts vermitteln wollen.«

Der Alte gab dem Jüngling das Buch zurück.

»Morgen zur gleichen Zeit wirst du mir ein Zehntel deiner Schafe bringen. Dann lehre ich dich, wie du an den verborgenen Schatz gelangen wirst. Auf Wiedersehen.«

Und er verschwand um eine Ecke.

11

Der Jüngling versuchte zu lesen, aber er konnte sich nicht mehr konzentrieren. Er war unruhig und angespannt, denn er wußte, daß der Alte die Wahrheit sagte. Er ging zum Obstverkäufer hinüber und kaufte sich Obst, während er überlegte, ob er ihm erzählen sollte, was der Alte ihm gesagt hatte.

›Manchmal ist es klüger, die Dinge zu belassen, wie sie sind‹, dachte er und verhielt sich ruhig. Wenn er etwas sagen würde, dann wäre der Obstverkäufer drei Tage lang am Überlegen, ob er alles hinwerfen sollte, dabei war er doch schon so an seinen Verkaufskarren gewöhnt.

Diesen Kummer konnte er dem Obstverkäufer ersparen. So ging er ziellos durch die Straßen und kam zum Hafen.

Hier stand ein kleines Gebäude mit einem Schalter, an dem man Fahrkarten lösen konnte. Ägypten liegt in Afrika!

»Was wünschen Sie?« fragte der Mann am Schalter.

»Morgen vielleicht«, entgegnete der Jüngling und zog sich eilig zurück. Wenn er nur ein einziges Schaf verkaufte, so konnte er die Meerenge überqueren. Dieser Gedanke beunruhigte ihn.

»Wieder so ein Träumer«, sagte der Kerl am Schalter zu seinem Kollegen, während sich der Jüngling entfernte. »Der hat kein Geld zum Reisen.«

Als er am Schalter stand, mußte der Jüngling an seine Schafe denken und bekam auf einmal Angst, zu ihnen zurückzukehren. Binnen zwei Jahren hatte er alles über die Kunst des Schafehütens erlernt; er konnte scheren, die trächtigen Tiere versorgen, die Schafe vor den Wölfen beschützen. Auch kannte er inzwischen alle Weideplätze Andalusiens. Er kannte den richtigen An- und Verkaufspreis eines jeden Tieres.

Nun schlug er den längsten Weg ein, um zum Stall seines Freundes zurückzukehren. Auch diese Stadt hatte eine Burg, und so entschied er, die Steinrampe hinaufzugehen und sich auf die Brüstung zu setzen. Von dort oben konnte er Afrika sehen. Irgendwann hatte man ihm erklärt, daß über diesen Weg die Mauren eingedrungen waren, die während so vieler Jahre fast ganz Spanien besetzt hielten. Der Jüngling verabscheute die Mauren, schließlich hatten sie die Zigeuner mitgebracht. Von da oben konnte er auch beinahe die ganze Stadt überblicken, einschließlich des Platzes, wo er sich mit dem Alten unterhalten hatte.

›Verflucht sei die Stunde, in der mir der Alte begegnet

ist‹, dachte er verzweifelt. Er hatte ja nur die Traumdeuterin aufsuchen wollen. Weder sie noch der Alte hatten berücksichtigt, daß er ein Schäfer war. Beide waren sie wohl recht einsame Personen, die nicht mehr ans Leben glaubten und nicht verstanden, daß ein Hirte an seinen Schafen hängt. Er kannte die Eigenarten jedes einzelnen Tieres, er wußte, welches hinkte, welches in zwei Monaten niederkommen würde und welches das faulste war. Er wußte auch, wie man sie scherte und wie man sie schlachtete. Wenn er sie verließ, so würden sie leiden.

Ein leichter Wind kam auf. Er kannte diesen Wind, die Leute nannten ihn den Wind der Levante, weil mit diesem Wind Horden von Ungläubigen aus dem Orient gekommen waren. Bevor er Tarifa kannte, hatte er sich nie vorstellen können, daß die Mauren so nahe waren. Das bedeutete auch eine große Gefahr: Die Mauren könnten jederzeit wieder angreifen.

Der Wind begann stärker zu blasen.

›Ich stehe zwischen den Schafen und dem Schatz‹, dachte der Jüngling. Nun mußte er sich zwischen etwas Vertrautem und etwas, was er gerne besitzen würde, entscheiden. Da gab es auch noch das Mädchen, aber sie war nicht so wichtig wie die Schafe, weil sie nicht auf ihn angewiesen war. Vielleicht würde sie sich seiner nicht mal mehr erinnern. Jedenfalls war er sicher, daß, wenn er in zwei Tagen nicht erschien, sie es nicht einmal bemerken würde: Für sie war ein Tag wie der andere, und wenn alle Tage gleich sind, dann bemerkt man auch nicht mehr die guten Dinge, die einem im Leben widerfahren.

›Ich bin von meinem Vater, meiner Mutter und der Burg

in meiner Heimatstadt fortgegangen. Sie haben sich daran gewöhnt, genauso wie ich mich daran gewöhnt habe. Also werden sich die Schafe auch an meine Abwesenheit gewöhnen‹, überlegte er. Von hier oben konnte er den Platz gut überblicken. Der Obstverkäufer verkaufte noch immer sein Obst. Ein junges Pärchen nahm auf der Bank Platz, wo er sich mit dem Alten unterhalten hatte, und tauschte einen langen Kuß.

»Ja, der Obstverkäufer«, sagte er vor sich hin, ohne jedoch den Satz zu beenden, da der Levante-Wind nun stärker blies und er ihn auf dem Gesicht spürte. Er brachte zwar die Mauren, aber er brachte auch den Duft der Wüste und der verschleierten Frauen. Er brachte den Schweiß und die Träume von Männern, die eines Tages ins Unbekannte aufgebrochen waren, auf der Suche nach Gold, nach Abenteuern – und den Pyramiden. Der Jüngling begann, den Wind um seine Freiheit zu beneiden, und merkte, daß er genauso frei sein könnte. Nichts hinderte ihn daran, außer er selber. Die Schafe, die Tochter des Händlers, die Weiden von Andalusien waren alle nur einzelne Schritte auf seinem persönlichen Lebensweg gewesen.

12

Am nächsten Tag traf sich der Jüngling mittags mit dem Alten. Er hatte sechs Schafe mitgebracht.

»Ich bin überrascht«, sagte der Jüngling, »mein Freund

hat mir sofort alle übrigen Schafe abgekauft. Er meinte, daß er schon immer davon geträumt habe, Hirte zu sein, und dies sei ein gutes Zeichen.«

»Das ist immer so«, bemerkte der Alte. »Wir nennen es das Günstige Prinzip. Wenn du zum ersten Mal ein Glücksspiel riskierst, wirst du mit großer Wahrscheinlichkeit gewinnen. Anfängerglück.«

»Aber warum?«

»Weil das Leben will, daß du deinen persönlichen Lebensweg einhältst.«

Dann untersuchte er die Schafe und stellte fest, daß eines lahmte. Der Jüngling versicherte, dies sei nicht so wesentlich, weil es das intelligenteste war und auch viel Wolle produzierte.

»Wo befindet sich also der Schatz?« fragte er.

»Der Schatz liegt in Ägypten bei den Pyramiden.«

Der junge Mann erschrak. Das gleiche hatte schon die Alte behauptet, aber nichts dafür genommen.

»Um dorthin zu gelangen, mußt du den Zeichen folgen. Gott zeichnet den Weg vor, den jeder Mensch gehen soll. Du mußt also nur erkennen, was er für dich aufgezeichnet hat.« Bevor der Jüngling etwas sagen konnte, flatterte ein Schmetterling zwischen ihm und dem Alten hin und her. Da mußte er an seinen Großvater denken: Als er noch ein Kind war, hatte ihm der Großvater erzählt, daß Schmetterlinge Glück bringen. Wie Grillen, vierblättriger Klee und Hufeisen.

»Das stimmt«, sagte der Alte, der seine Gedanken lesen konnte. »Es ist, wie dein Großvater dich lehrte. Das sind die Zeichen.«

Dann öffnete er den Mantel, der seine Brust verdeckte, und der Jüngling war beeindruckt von dem, was er sah, und erinnerte sich an das Leuchten, das er am vorigen Tag bemerkt hatte: Der Alte hatte einen Brustpanzer aus purem Gold, bedeckt mit bunten Edelsteinen. Er mußte tatsächlich ein König sein. Wahrscheinlich war er nur in den Mantel gehüllt, um den Räubern zu entkommen.

»Nimm«, sagte der Alte und entnahm aus der Mitte des goldenen Brustpanzers einen weißen und einen schwarzen Stein. »Sie heißen Urim und Thummim. Der schwarze bedeutet *ja* und der weiße *nein*. Wenn du also die Zeichen nicht selber erkennen kannst, werden sie dir nützlich sein. Stelle immer eine objektive Frage. Aber auf jeden Fall ist es besser, wenn du deine Entscheidungen selber fällst. Daß der Schatz bei den Pyramiden liegt, wußtest du bereits; aber du mußtest sechs Schafe einbüßen, weil ich dir half, eine Entscheidung zu treffen.«

Der Jüngling verstaute die Steine in seinem Rucksack. In Zukunft würde er seine eigenen Entscheidungen treffen.

»Vergiß nie, daß alles ein Ganzes ist. Vergiß die Sprache der Zeichen nicht. Und vor allem vergiß nicht, deinen persönlichen Lebensweg zu Ende zu gehen. Bevor wir uns trennen, möchte ich dir aber noch eine Geschichte erzählen:

Eines Tages schickte ein Kaufmann seinen Sohn zu dem größten Weisen weit und breit, um ihm das Geheimnis des Glücks beizubringen. Der Jüngling wanderte vierzig Tage durch die Wüste, bis er schließlich an ein prachtvolles Schloß kam, das oben auf einem Berg lag. Dort wohnte der Weise, den er aufsuchen sollte. Anstatt nun einen Heiligen vorzufinden, kam der Jüngling in einen Raum, in welchem große Betriebsamkeit herrschte; Händler kamen und gingen, Leute standen in den Ecken und unterhielten sich, eine kleine Musikkapelle spielte sanfte Melodien, und es gab eine festliche Tafel mit allen Köstlichkeiten dieser Gegend. Der Weise unterhielt sich mit jedem einzelnen, und der Jüngling mußte zwei volle Stunden warten, bis er an der Reihe war.

Der Weise hörte sich aufmerksam seine Geschichte an, sagte jedoch, er habe im Moment keine Zeit, ihm das Geheimnis des Glücks zu erklären. Er empfahl ihm, sich im Palast umzusehen und in zwei Stunden wiederzukommen.

›Aber ich möchte dich um einen Gefallen bitten‹, fügte der Weise hinzu und überreichte dem Jüngling einen Teelöffel, auf den er zwei Öltropfen träufelte. ›Während du dich hier umsiehst, halte den Löffel, ohne dabei das Öl auszuschütten.‹

Der Jüngling stieg treppauf und treppab, ohne den Blick von dem Löffel zu lösen. Nach zwei Stunden erschien er wieder vor dem Weisen.

›Nun‹, fragte dieser, ›hast du die kostbaren Perserteppiche in meinem Eßzimmer gesehen? Und den prachtvollen Park, den der Gärtnermeister innerhalb von zehn Jahren anlegte? Und die schönen Pergamentrollen in meiner Bibliothek?‹

Beschämt mußte der junge Mann zugeben, daß er nichts von alledem gesehen hatte, weil seine ganze Aufmerksamkeit dem Teelöffel mit dem Öl gegolten hatte, das ihm anvertraut worden war.

›Also, dann zieh noch einmal los und schau dir all die Herrlichkeiten meiner Welt genau an‹, sagte der Weise.

›Man kann einem Menschen nicht trauen, bevor man sein Haus nicht kennt.‹

Nun schon etwas ruhiger, nahm er wieder den Löffel und machte sich erneut auf den Weg. Doch diesmal achtete er auf all die Prachtgegenstände, die an den Wänden und an der Decke hingen. Er sah den Park, die Berge ringsum, die Vielfalt der Blumen, die Vollendung, mit der jeder Kunstgegenstand am richtigen Ort eingefügt war. Zurück beim Weisen schilderte er ausführlich, was er alles gesehen hatte.

›Aber wo sind die beiden Öltropfen, die ich dir anvertraute?‹ bemerkte der Weise.

Als er auf den Löffel blickte, mußte der Jüngling entsetzt feststellen, daß er sie verschüttet hatte.

›Also, dies ist der einzige Rat, den ich dir geben kann‹, sagte der weiseste der Weisen. ›Das Geheimnis des Glücks besteht darin, alle Herrlichkeiten dieser Welt zu schauen, ohne darüber die beiden Öltropfen auf dem Löffel zu vergessen.‹«

Hierauf blieb der Hirte still. Er hatte die Geschichte des alten Königs wohl verstanden. Ein Hirte reist gerne, aber er vergißt nie seine Schafe.

Der Alte sah ihn freundlich an und machte mit ausgebreiteten Händen ein paar eigenartige Bewegungen über seinem Kopf. Dann nahm er die Schafe und zog von dannen.

Oberhalb der kleinen Stadt Tarifa lag eine alte Festung, die von den Mauren erbaut worden war, und wer auf ihren Mauern saß, der konnte einen Platz, einen Obstverkäufer und ein Stück von Afrika sehen.

Melchisedek, der König von Salem, setzte sich an jenem Nachmittag auf einen Mauervorsprung der Festung und fühlte den Levante-Wind auf seinem Gesicht. Die Schafe an seiner Seite schlugen aus, aus Angst vor dem neuen Herrn und weil sie in Unruhe waren durch all die Veränderungen. Alles, was sie wollten, war Wasser und Nahrung.

Melchisedek schaute dem kleinen Dampfer nach, der gerade aus dem Hafen auslief. Er würde den Jüngling nie mehr zu Gesicht bekommen, ebenso wie er Abraham nie mehr gesehen hatte, nachdem er auch bei ihm den Zehnten abkassiert hatte. Aber er hatte sein Werk getan.

Die Götter sollten keinerlei Wünsche haben, zumal sie keinen persönlichen Lebensplan haben. Trotzdem hoffte der König von Salem im stillen, daß der Jüngling erfolgreich sein würde.

›Schade, daß er meinen Namen so schnell vergessen wird‹, dachte er. ›Ich hätte ihn öfter wiederholen sollen. So würde er von mir erzählen, von Melchisedek, dem König von Salem.‹ Dann blickte er etwas zerknirscht gen Himmel: »Ich weiß, daß dies reine Eitelkeit ist, aber auch ein alter König muß manchmal stolz auf sich sein dürfen.«

›Wie eigenartig Afrika ist‹, dachte der Jüngling.

Er saß in einer Art Café, das vielen anderen Cafés glich, die er in den schmalen Gassen der Stadt vorgefunden hatte. Einige Männer rauchten eine riesige Pfeife, die von Mund zu Mund gereicht wurde. In den wenigen Stunden seit seiner Ankunft hatte er schon eine Menge gesehen: Männer, die Hand in Hand gingen, Frauen mit verhüllten Gesichtern und Priester, die auf hohe Türme stiegen, um zu singen, während alle um sie herum sich niederknieten und mit der Stirn gegen den Boden schlugen. ›Heidnische Bräuche‹, sagte er sich. Als Kind hatte er in der Kirche seines Heimatortes immer das Standbild vom heiligen Santiago von Compostela auf seinem Schimmel betrachtet, der mit gezogenem Schwert über Leute wie diese hier hinwegritt. Der Jüngling fühlte sich äußerst unbehaglich und schrecklich einsam. Die Ungläubigen sahen bedrohlich aus.

Zudem hatte er, in der Eile des Aufbruchs, eine Tatsache außer acht gelassen, ein einziges Detail, das ihn noch lange von seinem Schatz fernhalten könnte: In diesem Land sprachen alle Arabisch.

Als der Cafébesitzer sich näherte, deutete der Jüngling auf ein Getränk, welches an einem anderen Tisch serviert worden war. Es handelte sich um einen bitteren Tee, und viel lieber hätte er ein Glas Wein getrunken. Aber das sollte ihn jetzt nicht kümmern. Wichtig war, an seinen Schatz zu denken und daran, wie er ihn erlangen würde. Der Verkauf der Schafe hatte ihm eine Menge Geld eingebracht, und der Jüngling wußte, daß Geld etwas Magisches an sich hat: Mit ihm ist man nie allein. Bald, womöglich schon in wenigen Tagen, würde er bei den Pyramiden sein. Ein Alter mit so viel Gold auf der Brust hatte es bestimmt nicht nötig, ihn wegen sechs Schafen zu belügen.

Der Alte hatte von Zeichen gesprochen. Beim Überqueren des Meeres hatte er über diese Zeichen nachgedacht. Ja, er wußte, wovon die Rede war: Während jener Zeit, die er auf den Weiden Andalusiens verbracht hatte, hatte er es sich zur Gewohnheit gemacht, sowohl auf der Erde als auch am Himmel nach Hinweisen zu suchen, welche Richtung er einschlagen sollte. Er hatte gelernt, daß ein bestimmter Vogel die Nähe einer Schlange signalisierte und daß ein bestimmter Busch auf Wasser in der näheren Umgebung hindeutete. Die Schafe hatten ihn das alles gelehrt.

›Wenn Gott die Schafe so gut führt, dann wird er auch den Menschen führen‹, überlegte er und beruhigte sich. Der Tee schmeckte schon weniger bitter.

»Wer bist du?« hörte er eine Stimme neben sich auf spanisch fragen.

Der Jüngling fühlte sich erleichtert. Er hatte an Zeichen gedacht, und schon war jemand aufgetaucht.

»Woher kannst du Spanisch?« fragte er.

Der Neuankömmling war ein junger Mann, nach westlicher Art gekleidet, obwohl die Hautfarbe eher auf einen Einheimischen schließen ließ. Er war ungefähr so groß und so alt wie er selbst.

»Hier spricht beinahe jedermann Spanisch. Wir sind nur knapp zwei Stunden von Spanien entfernt.«

»Setz dich und bestell dir was auf meine Rechnung«, forderte ihn der Jüngling auf. »Und für mich bestelle einen Wein. Dieser Tee ist grauenhaft.«

»Hier gibt es keinen Wein«, sagte der Neuankömmling. »Die Religion erlaubt es nicht.«

Der Jüngling erzählte dann, daß er zu den Pyramiden gelangen mußte. Beinahe hätte er auch vom Schatz erzählt, aber er beschloß zu schweigen, sonst würde der Araber sicher einen Anteil haben wollen, um ihn dorthin zu bringen. Er erinnerte sich an die Warnung des Alten bezüglich solcher Angebote.

»Ich möchte dich bitten, mich dorthin zu begleiten, wenn es dir möglich ist. Natürlich zahle ich dich als Reiseführer.«

»Hast du denn überhaupt eine Vorstellung, wie man dorthin kommt?«

Der Jüngling bemerkte, daß der Cafébesitzer in der Nähe stand und dem Gespräch lauschte. Er fühlte sich gestört durch seine Anwesenheit. Doch er hatte einen Führer gefunden, und diese Gelegenheit wollte er sich nicht entgehen lassen.

»Du mußt die ganze Sahara durchqueren, und dafür brauchst du viel Geld. Hast du überhaupt genug Geld?«

Der Jüngling fand die Frage etwas befremdend. Aber er vertraute dem Alten, der behauptet hatte, daß uns das gesamte Universum unterstützt, wenn wir etwas ganz fest wollen. Also holte er sein Geld aus der Tasche und zeigte es dem Neuankömmling. Der Besitzer des Cafés näherte sich, um es auch sehen zu können. Die beiden wechselten ein paar Worte auf arabisch. Der Cafébesitzer machte einen aufgebrachten Eindruck.

»Laß uns gehen«, meinte der Neuankömmling. »Er will uns hier nicht haben.«

Der Jüngling war erleichtert. Er stand auf, um die Rechnung zu begleichen, aber der Barinhaber packte ihn beim Arm und redete wild auf ihn ein. Der Jüngling war zwar kräftig, doch er befand sich in der Fremde, und so war es sein neuer Freund, der den Cafébesitzer beiseite stieß und ihn mit ins Freie zog.

»Er wollte dein Geld«, sagte er. »Tanger ist nicht wie das übrige Afrika. Wir sind hier in einer Hafenstadt, und in Häfen wimmelt es bekanntlich von Dieben.«

Seinem neuen Freund konnte er wirklich trauen. Schließlich hatte er ihm aus einer kritischen Lage herausgeholfen. Er nahm das Geld aus der Tasche und zählte es.

»Wir können schon morgen bei den Pyramiden sein«, sagte der andere und nahm das Geld. »Aber vorher muß ich noch zwei Kamele kaufen.«

Nun schlenderten sie gemeinsam durch die engen Gassen von Tanger. Überall lagen Waren aus. Endlich kamen sie an einen großen Platz, auf dem Markt war. Es gab Tausende von diskutierenden Menschen, die kauften und verkauften, Gemüse, daneben Schwerter, Teppiche zusammen mit jeder Art von Pfeifen. Aber der Jüngling ließ seinen neuen Freund nicht aus den Augen. Der hatte ja sein ganzes Geld eingesteckt. Am liebsten hätte er es zurückverlangt, aber irgendwie erschien es ihm doch unhöflich. Noch kannte er ja nicht die Sitten in diesem fremden Land.

›Ich brauche ihn nur zu beobachten‹, beruhigte er sich, und außerdem war er kräftiger als der andere.

Da bemerkte er mit einem Mal, zwischen all dem Gemüse, das herrlichste Schwert, das er je gesehen hatte. Die Scheide war silbern und der Griff schwarz, bespickt mit bunten Steinen. Der Jüngling schwor sich, dieses Schwert bei seiner Rückkehr aus Ägypten zu kaufen.

»Frag mal den Händler, was es kosten soll«, wollte er sich an seinen Freund wenden, da wurde ihm bewußt, daß er jenen für zwei Sekunden aus den Augen gelassen hatte, als er das Schwert betrachtete. Sein Herz zog sich zusammen. Er hatte Angst, zur Seite zu schauen, denn instinktiv wußte er, was passiert war. Sein Blick blieb noch für einige Augenblicke an dem schönen Schwert haften, bis er Mut gefaßt hatte und sich umwandte. Um ihn herum war der Markt mit den vielen schreienden und verhandelnden Menschen, die Teppiche neben den Haselnüssen, die Salate zwischen den Silbertabletts, die Männer, die sich an den Händen hielten, die verschleierten Frauen, der Duft exotischer Speisen, aber nirgends, wirklich nirgends eine Spur seines Freundes.

Zuerst wollte er noch glauben, daß sie sich versehentlich aus den Augen verloren hatten. Er blieb ein Weilchen stehen, um auf den anderen zu warten. Nach einiger Zeit stieg jemand auf einen dieser Türme und begann zu singen; alle knieten nieder, schlugen mit der Stirn gegen den Boden und sangen ebenfalls. Anschließend bauten sie, eifrigen Ameisen gleich, ihre Stände ab und verließen den Platz.

Die Sonne machte sich davon. Der Jüngling sah ihr nach,

wie sie langsam hinter den weißen Häusern verschwand, die den Platz säumten. Er dachte daran, daß er sich bei Sonnenaufgang noch auf einem anderen Kontinent befunden hatte; er war ein Hirte mit sechzig Schafen und mit einem Mädchen verabredet gewesen. Heute morgen auf der Weide hatte er noch einen genauen Überblick über sein Leben gehabt. Während er jetzt, bei Sonnenuntergang, ein Fremder in einem fremden Land war, dessen Sprache er nicht einmal verstand. Er war auch kein Schäfer mehr und besaß absolut nichts mehr im Leben, ihm fehlte sogar das Geld, um zurückzufahren und von vorne zu beginnen.

›Das alles zwischen Sonnenauf- und -untergang‹, dachte er niedergeschlagen. Er tat sich selber leid, denn manchmal änderten sich die Dinge von einem Augenblick zum andern, ohne daß man recht wußte, wie einem geschah.

Eigentlich schämte er sich zu weinen. Niemals hatte er vor seinen Schafen geweint. Aber jetzt war der Markt menschenleer, und er war fern der Heimat. Der Jüngling weinte. Er weinte, weil Gott ungerecht war und es jemandem so heimzahlte, der fest an seinen Traum geglaubt hatte.

›Als ich noch bei meinen Schafen war, fühlte ich mich glücklich und verbreitete Freude in meiner Umgebung. Die Leute sahen mich gerne kommen und empfingen mich herzlich. Aber jetzt bin ich traurig und unglücklich. Was soll ich bloß tun? Ich werde verbittert sein und den Menschen mißtrauen, weil einer mich betrogen hat. Ich werde all jene hassen, die ihre verborgenen Schätze gefunden haben, weil ich meinen nicht fand. Und ich werde immer das wenige, was ich habe, festhalten, weil ich zu klein bin, die Welt zu umarmen.‹

Er öffnete seine Tasche, um nachzusehen, was er noch hatte; vielleicht war noch etwas vom Brot übriggeblieben, das er auf dem Schiff verspeist hatte. Aber er fand nur das dicke Buch, den Mantel und die beiden Steine, die ihm der Alte gegeben hatte.

Beim Anblick der Steine fühlte er eine große Erleichterung. Er hatte sechs Schafe gegen zwei Edelsteine aus dem goldenen Brustpanzer eingetauscht. Er könnte sie verkaufen, um seine Rückfahrkarte zu lösen.

›Ab jetzt werde ich schlauer sein‹, dachte der Jüngling bei sich und nahm die Steine aus der Tasche, um sie in der Hosentasche zu verstecken. Dies hier war eine Hafenstadt, und in diesem Punkt hatte der Mann ja recht gehabt; ein Hafen ist immer voller Diebe.

Jetzt verstand er plötzlich auch die Verzweiflung des Cafébesitzers: Er wollte ihm nur klarmachen, daß er dem Mann nicht trauen sollte.

›Ich bin wie alle Menschen: Ich sehe die Welt so, wie ich sie gerne hätte, und nicht so, wie sie tatsächlich ist.‹

Er betrachtete sich seine Steine, berührte sie vorsichtig, fühlte die Temperatur und die glatte Oberfläche. Sie waren sein ganzer Schatz. Die bloße Berührung der Steine vermittelte ihm mehr Gelassenheit. Sie erinnerten ihn an den Alten.

»Wenn du etwas ganz fest willst, dann wird das Universum darauf hinwirken, daß du es erreichen kannst«, hatte er gesagt.

Gerne würde er verstehen, wie das gehen sollte. Er befand sich auf einem leeren Marktplatz, ohne alles Geld in der Tasche und ohne Schafe. Aber die Steine waren der Beweis dafür, daß er einem König begegnet war – einem König, der seine Lebensgeschichte kannte, der von der Waffe seines Vaters wußte und von seiner ersten sexuellen Erfahrung.

»Die Steine dienen zur Vorhersage. Sie heißen Urim und Thummim.« Der Jüngling verstaute sie wieder in der Tasche und wollte es einmal ausprobieren. Der Alte hatte gesagt, man müsse klare Fragen stellen, denn die Steine nützen nur, wenn man weiß, was man will. Also fragte er, ob der Segen des Alten noch bei ihm sei. Er entnahm einen Stein. Die Antwort war *Ja.*

»Werde ich meinen Schatz finden?« fragte er weiter. Wieder steckte er die Hand in die Tasche, um einen Stein herauszuholen, als beide durch ein Loch zu Boden fielen. Der Jüngling hatte noch gar nicht bemerkt, daß seine Tasche aufgerissen war. Er bückte sich, um Urim und Thummim wieder aufzuheben. Als er sie jedoch so auf dem Boden liegen sah, kam ihm ein weiterer Satz des Alten ins Bewußtsein. »Lerne die Zeichen zu erkennen und folge ihnen«, hatte der alte König gesagt.

Dies war sicherlich wieder ein Zeichen. Der Jüngling lachte erleichtert auf. Dann nahm er die Steine und verstaute sie in der Tasche. Er würde sie nicht flicken, die Steine sollten ruhig herausfallen, wann immer sie wollten. Er hatte begriffen, daß man gewisse Dinge nicht fragen soll, um seinem Schicksal nicht auszuweichen. ›Außerdem habe ich mir vorgenommen, meine eigenen Entscheidungen zu treffen‹, erinnerte er sich.

Immerhin hatten ihm die Steine gesagt, daß der Alte noch bei ihm sei, und das gab ihm mehr Vertrauen. Er blickte wieder über den leeren Marktplatz, aber nun fühlte er nicht mehr die Verzweiflung von vorher. Es war keine fremde, sondern eine neue Welt. Schließlich war es genau das, was er immer gewollt hatte: neue Welten kennenlernen. Selbst wenn er die Pyramiden niemals erreichen würde, so war er doch schon viel weiter herumgekommen als jeder andere Hirte, den er kannte. Ach, wenn sie wüßten, daß es zwei Seestunden entfernt so viele exotische Dinge gab.

Die neue Welt zeigte sich ihm jetzt als ein leerer Marktplatz, aber er hatte diesen Markt auch schon voller Aktivitäten erlebt und würde es nie mehr vergessen. Nun erinnerte er sich an das Schwert – es war wirklich ein hoher Preis, den er fürs Betrachten zahlen mußte, aber er hatte vorher auch noch nie etwas Ähnliches gesehen. Plötzlich erkannte er, daß er die Welt entweder mit den Augen eines armen, beraubten Opfers sehen konnte oder aber als Abenteurer, auf der Suche nach einem Schatz.

›Ich bin ein Abenteurer auf dem Weg zu meinem Schatz‹, dachte er noch, bevor er erschöpft einschlief.

15

Er wachte auf, als ihn jemand anstieß. Er war mitten auf dem Marktplatz eingeschlafen, der sich nun wieder belebte. Verstört schaute er sich nach seinen Schafen um, bis er merkte, daß er sich in einer anderen Welt befand. Aber anstatt traurig zu sein, fühlte er sich glücklich. Nun brauchte er nicht mehr nach Wasser und Nahrung zu suchen; nun konnte er einen Schatz suchen. Er hatte zwar kein Geld in der Tasche, aber er glaubte an das Leben. Am Vorabend hatte er sich entschieden, ein Abenteurer zu sein, wie die Helden in den Büchern, die er las.

Er schlenderte über den Platz. Die Händler bauten ihre Stände auf; er half einem Süßwarenhändler dabei. Auf dem Gesicht des Händlers lag ein zufriedenes Lächeln: Er war fröhlich, offen fürs Leben und bereit, einen guten Arbeitstag zu beginnen. Dieses Lächeln erinnerte ihn irgendwie an den Alten, diesen geheimnisvollen König, der ihm begegnet war.

›Dieser Händler macht sicher kein Zuckerwerk, weil er eines Tages reisen will oder weil er die Tochter eines Händlers heiraten will. Er stellt seine Leckereien her, weil er es gerne tut‹, überlegte der Jüngling und bemerkte, daß er dasselbe tun konnte wie seinerzeit der Alte – erkennen, ob eine Person nahe oder weit von ihrem persönlichen Lebensweg entfernt war. Nur so vom Ansehen. ›Es ist so einfach, aber ich habe es noch nie bemerkt.‹

Als der Stand fertig aufgebaut war, reichte ihm der Händler die erste Süßigkeit, die er zubereitet hatte. Der Jüngling ließ es sich schmecken, dankte und zog seines Weges. Als er sich schon etwas entfernt hatte, fiel ihm erst auf, daß der Stand von einer arabisch und einer spanisch sprechenden Person aufgebaut worden war. Und sie hatten sich bestens verständigt.

›Es gibt eine Sprache, die jenseits der Worte steht‹, dachte er. ›Das konnte ich früher schon mit den Schafen erleben und jetzt auch mit den Menschen.‹

Er lernte jetzt verschiedene neue Dinge. Dinge, die er bereits erlebt hatte, die ihm dennoch neu erschienen, weil er sie zuvor nicht beachtet hatte. Und er hatte sie nicht beachtet, weil er an sie gewöhnt war.

»Wenn ich diese Sprache ohne Worte zu entziffern lerne, dann gelingt es mir auch, die Welt zu entziffern.«

»Alles ist ein Ganzes«, hatte der Alte gesagt.

Er beschloß, gemächlich durch die schmalen Straßen von Tanger zu schlendern: Nur so würde er die Zeichen bemerken. Das verlangte eine Menge Geduld, aber genau das ist die erste Tugend, die ein Hirte lernt. Wieder fiel ihm auf, daß er in dieser fremden Welt die Lektionen anwandte, die ihn seine Schafe gelehrt hatten.

»Alles ist ein Ganzes«, hatte der Alte gesagt.

16

Der Kristallwarenhändler sah die Sonne aufgehen und empfand die gleiche Beklemmung wie an jedem Morgen. Seit beinahe dreißig Jahren war er nun schon am selben Ort, in einem Laden am oberen Ende einer ansteigenden Straße, wo nur noch selten ein Kunde vorbeikam. Jetzt war es zu spät, um noch etwas ändern zu wollen: Alles, was er im Leben gelernt hatte, war, Kristallglas zu kaufen und zu verkaufen. Es hatte Zeiten gegeben, da besuchten viele Leute sein Geschäft, arabische Händler, englische und französische Geologen, deutsche Soldaten, alle mit Geld in der Tasche. Damals war es ein aufregendes Abenteuer gewesen, Gefäße aus Kristallglas zu verkaufen, und er hatte sich vorgestellt, wie er reich und im Alter von schönen Frauen umgeben wäre.

Doch die Zeit verstrich, die Stadt Ceuta wuchs mehr als Tanger, und die Handelswege änderten sich. Die Nachbarn waren fortgezogen, und nur wenige Läden blieben am Berghang zurück. Und wer kam schon wegen einiger weniger Geschäfte eigens den Hang hinauf? Aber der Kristallwarenhändler hatte keine Wahl. Dreißig Jahre seines Lebens kaufte und verkaufte er Kristallglas, und nun war es zu spät, andere Wege zu gehen.

Während des ganzen Vormittags schaute er der spärlichen Betriebsamkeit auf der Straße zu. Das machte er schon seit Jahren, und so kannte er den Rhythmus eines jeden. Wenige Minuten vor der Mittagspause blieb ein junger Ausländer vor seinem Schaufenster stehen. Er war sauber gekleidet, aber der Kristallwarenhändler erkannte mit kundigem Blick, daß jener kein Geld hatte. Dennoch beschloß er, in den Laden zu gehen und noch einen Augenblick zu warten, ob der junge Mann nicht doch hereinkam.

17

Ein Schild an der Tür besagte, daß man hier diverse Sprachen spreche. Der Jüngling sah einen Mann hinter dem Ladentisch auftauchen.

»Ich kann diese Gefäße putzen, wenn Ihr möchtet«, sagte der Jüngling. »So, wie sie jetzt sind, wird sie niemand kaufen wollen.«

Der Händler sah ihn an, ohne etwas zu sagen.

»Als Gegenleistung zahlt Ihr mir einen Teller zu essen.«

Der Mann blieb stumm, und der Jüngling fühlte, daß er eine Entscheidung fällen mußte. In seiner Tasche war der Mantel, und in der Wüste würde er ihn sicher nicht mehr brauchen. Also holte er ihn heraus und begann, damit die Gläser und Vasen zu säubern. Innerhalb einer halben Stunde hatte er alle Gefäße aus dem Schaufenster gereinigt; während dieser Zeit waren zwei Kunden gekommen und hatten dem Händler einige Kristallgläser abgekauft.

Als er alles gesäubert hatte, bat er erneut um Nahrung.

»Laß uns zusammen essen gehen«, sagte der Kristallwarenhändler.

Er hängte ein Schild vor die Tür, und sie gingen zu einem winzigen Café, oben am Berghang. Als sie am einzigen Tisch Platz genommen hatten, begann der Händler zu lächeln.

»Du hättest gar nichts putzen brauchen«, meinte er. »Das Gebot des Korans verpflichtet uns, Hungrige zu speisen.«

»Und warum hast du's mich dann tun lassen?« fragte der Jüngling.

»Weil die Gefäße schmutzig waren. Und wir beide, sowohl du als auch ich, mußten unsere Köpfe von schlechten Gedanken reinigen.«

Als sie mit Essen fertig waren, wandte sich der Händler an den Jüngling: »Ich möchte, daß du für mich arbeitest. Heute kamen zwei Käufer, während du die Gläser geputzt hast, und das ist ein gutes Zeichen.«

›Die Menschen sprechen soviel von Zeichen‹, dachte der Hirte. ›Aber es ist ihnen gar nicht bewußt, was sie sagen. So wie es mir auch nicht bewußt war, daß ich mich mit den Schafen seit langem schon in einer Sprache jenseits der Worte verständigt habe.‹

»Willst du für mich arbeiten?« beharrte der Händler.

»Ja, ich kann den Rest des Tages arbeiten«, antwortete der Jüngling. »Bis zum Morgengrauen werde ich sämtliche Kristallgefäße des Geschäftes gereinigt haben. Dafür möchte ich dann das nötige Geld, um noch morgen nach Ägypten zu kommen.«

Nun mußte der Kristallwarenhändler lachen.

»Selbst wenn du meine Gläser ein Jahr lang polieren würdest, selbst wenn du eine gute Verkaufsprovision bekämst, dann müßtest du immer noch zusätzlich Geld leihen, um nach Ägypten zu gelangen. Zwischen Tanger und den Pyramiden liegen Tausende von Wüstenkilometern.«

Da kehrte einen Augenblick lang eine Stille ein, als sei die Stadt in tiefen Schlaf versunken. Es gab keine Bazare mehr, keine diskutierenden Händler, keine Männer, die auf ihren Minaretten sangen, keine prachtvollen Schwerter mit verzierten Griffen. Es gab keine Hoffnung mehr und kein Abenteuer, keine alten Könige und persönlichen Lebenspläne, keinen Schatz und keine Pyramiden. Es war, als schweige die ganze Welt, weil die Seele des Jünglings verstummt war. Es gab keinen Schmerz, kein Leiden, keine Enttäuschung: nur einen leeren Blick hinaus durch die offene Tür des Cafés und eine große Sehnsucht zu sterben, den Wunsch, daß alles in dieser Minute ein Ende hätte.

Der Händler schaute besorgt auf den Jüngling. Es war, als ob die ganze Lebensfreude, die er ihm an diesem Morgen angesehen hatte, plötzlich verschwunden war.

»Ich kann dir Geld geben, damit du in deine Heimat zurückkehren kannst, mein Sohn«, sagte der Händler beschwichtigend.

Der Jüngling blieb stumm. Dann stand er plötzlich auf, richtete seine Kleider und nahm seine Tasche.

»Ich werde für Sie arbeiten«, sagte er. Und nach einer weiteren Pause fügte er hinzu: »Ich brauche Geld, um ein paar Schafe zu kaufen.«

Zweiter Teil

I

Seit beinahe einem Monat arbeitete der Jüngling nun schon für den Kristallwarenhändler, aber die Tätigkeit machte ihn nicht recht glücklich. Der Händler stand den ganzen Tag mürrisch hinter dem Ladentisch und ermahnte ihn ständig, vorsichtig zu sein, um nichts zu zerbrechen.

Dennoch blieb er in seinem Dienst, da der Alte zwar mürrisch, aber nicht ungerecht war; der Jüngling erhielt eine gute Provision für jedes verkaufte Stück, so daß er schon einiges Geld beisammen hatte. An diesem Morgen stellte er einige Berechnungen an: Wenn er weiterhin so arbeiten würde wie bisher, dann brauchte er ein ganzes Jahr, um sich ein paar Schafe anschaffen zu können.

»Ich würde gerne ein Regal für die Kristallwaren anfertigen«, sagte er zum Händler. »Man könnte es dann vor dem Laden aufstellen, damit die Leute von unten heraufgelockt werden.«

»Ich habe deshalb noch kein Regal gemacht«, antwortete der Händler, »weil die Leute beim Vorbeigehen dagegenstoßen würden. Die Gläser gingen dabei zu Bruch.«

»Als ich noch mit meinen Schafen über Land zog, liefen sie Gefahr, von einer Schlange gebissen zu werden, aber das gehört nun mal zum Leben der Schafe und der Schäfer.«

Der Händler bediente einen Kunden, welcher drei Kristallvasen kaufte. Er verkaufte besser denn je, als ob die Welt zu der Zeit zurückgekehrt sei, in der diese Straße eine der größten Attraktionen Tangers gewesen war.

»Mit dem Verkauf geht es bergauf«, sagte er zum Jüngling, als der Kunde gegangen war. »Das Geld erlaubt es mir, besser zu leben, und dir wird es bald deine Schafe zurückgeben. Warum also noch mehr vom Leben fordern?«

»Weil wir den Zeichen folgen müssen«, entgegnete der junge Mann unbedacht; und er bereute das Gesagte, denn der Kristallwarenhändler war ja keinem König begegnet.

»Das nennt man Anfängerglück. Denn das Leben will, daß du deinen persönlichen Lebensweg einhältst«, hatte der Alte gesagt.

Doch auch der Händler hatte verstanden, was der Jüngling meinte. Allein schon dessen Gegenwart im Laden war ein Zeichen, und nachdem das Geld jetzt zu fließen begann, tat es ihm nicht leid, den Spanier eingestellt zu haben. Obwohl der Junge mehr verdiente, als er sollte; da er immer geglaubt hatte, daß sich die Zahl der Verkäufe nicht mehr ändern würde, hatte er ihm eine hohe Provision angeboten, und seine Intuition sagte ihm, daß der Jüngling sowieso bald wieder zu seinen Schafen zurückkehren würde.

»Warum willst du eigentlich die Pyramiden kennenlernen?« fragte er, um von dem Regal abzulenken.

»Weil man mir immer davon erzählt hat«, antwortete der junge Mann und vermied es, von seinem Traum zu sprechen. Inzwischen war der Schatz zu einer schmerzvollen Erinnerung geworden, und er versuchte, nicht mehr daran zu denken.

»Hier kenne ich niemanden, der die Wüste durchqueren

möchte, bloß um die Pyramiden zu sehen«, entgegnete der Händler. »Es sind doch nur Steinhaufen. Du kannst dir ja selber einen im Garten auftürmen.«

»Ihr habt wohl keine Reiseträume«, erwiderte der Jüngling und bediente den Kunden, der gerade hereinkam.

Zwei Tage später sprach der Händler den Jüngling wegen des Regals noch einmal an.

»Ich liebe keine Veränderungen«, sagte der Händler. »Du und ich, wir sind nicht wie der reiche Kaufmann Hassan. Wenn er sich in einer Anschaffung irrt, so berührt ihn das nicht weiter. Aber wenn einer von uns einen Fehler begeht, dann rächt es sich.«

›Das stimmt‹, dachte der Jüngling.

»Wozu willst du das Regal?« fragte der Händler weiter.

»Ich möchte so schnell wie möglich zu meinen Schafen zurückkehren. Wir müssen die Zeit nützen, solange uns das Glück hold ist. Man nennt dies Günstiges Prinzip oder Anfängerglück.«

Der Alte schwieg eine Weile, dann sagte er: »Der Prophet gab uns den Koran und hinterließ uns nur fünf Gebote, die wir in unserem Leben zu beachten hätten. Das wichtigste ist folgendes: Es gibt nur einen Gott. Die anderen lauten: fünfmal täglich zu beten, im Monat Ramadan zu fasten, den Bedürftigen zu helfen.«

Nun unterbrach er sich. Seine Augen wurden feucht, als er vom Propheten sprach. Er war ein gläubiger Mann, und wenn er auch bisweilen unleidig war, so versuchte er doch, sein Leben nach den Geboten der Muslime auszurichten.

»Und welches ist das fünfte Gebot?« fragte der Jüngling.

»Vor zwei Tagen hast du behauptet, ich hätte keine Reiseträume«, antwortete der Händler. »Die fünfte Verpflichtung eines jeden Muslims ist, eine Reise zu machen. Mindestens einmal im Leben sollten wir zur heiligen Stadt Mekka pilgern. Mekka ist noch viel weiter entfernt als die Pyramiden. Als ich jung war, wollte ich das wenige Geld zusammenhalten, um dieses Ladengeschäft zu erwerben. Ich dachte daran, eines Tages reich genug zu sein, um nach Mekka zu reisen. Dann verdiente ich eine Menge Geld, aber ich hatte niemanden, der auf das Kristallglas hätte aufpassen können, denn es ist äußerst zerbrechlich. Gleichzeitig sah ich viele Leute vor meiner Haustüre vorbeiziehen, die nach Mekka pilgerten. Einige Reiche gingen mit einem Gefolge von Dienern und Kamelen, aber die meisten waren viel ärmer als ich. Alle kehrten sie zufrieden zurück und hängten die Symbole der Pilgerfahrt über ihren Türen auf. Einer von ihnen, ein einfacher Schuster, der fremde Schuhe reparierte, erzählte mir, daß er fast ein ganzes Jahr durch die Wüste gewandert sei, aber das hatte ihn weit weniger angestrengt, als durch die Stadtviertel von Tanger zu streifen, auf der Suche nach geeignetem Leder.«

»Wenn das so ist, warum geht Ihr nicht jetzt nach Mekka?« fragte der Jüngling.

»Weil Mekka mich lebendig hält. Das läßt mich all die eintönigen Tage ertragen, die stummen Gegenstände in den Regalen, die Mahlzeiten in dem schrecklichen Restaurant. Ich habe Angst, meinen Traum zu verwirklichen und danach keinen Ansporn mehr zum Weiterleben zu haben. Du träumst von Schafen und Pyramiden. Du bist ganz anders als ich, weil du dir deinen Traum erfüllen willst. Ich hingegen möchte nur von Mekka träumen. Ich habe mir schon hundertmal die Durchquerung der Wüste vorgestellt, meine Ankunft auf dem Platz mit dem Heiligen Stein, und wie ich siebenmal um ihn herumgehe, bevor ich ihn berühre. Ich habe mir ausgemalt, welche Personen mich umgeben und welche Worte und Gebete wir miteinander sprechen. Aber ich befürchte auch, daß es eine große Enttäuschung werden könnte, deshalb ziehe ich es vor, nur davon zu träumen.«

An diesem Tag gab der Händler seine Zustimmung, das Regal zu bauen.

Jeder hat seine eigene Auffassung von Träumen.

2

Es waren abermals zwei Monate vergangen, und das Regal hatte dem Kristallglasgeschäft viele Kunden gebracht. Der Jüngling rechnete sich aus, daß er nach sechs weiteren Monaten nach Spanien zurückkehren und wieder sechzig Schafe, ja noch weitere sechzig anschaffen könnte. In weniger als einem Jahr hätte er seine Herde verdoppelt und könnte mit den Arabern Handel treiben, weil er diese seltsame Sprache inzwischen verstand. Seit jenem ersten Morgen auf dem verlassenen Marktplatz hatte er Urim und Thummim nicht mehr benutzt, denn Ägypten war für ihn nur noch ein Traum, so weit weg wie Mekka für den Händler.

Inzwischen hatte er seine Arbeit auch schätzengelernt,

und er dachte immer an den Augenblick, wo er in Tarifa als Sieger an Land gehen würde.

»Erinnere dich immer an das, was du erreichen willst«, hatte der alte König einmal gesagt. Nun wußte er es und arbeitete darauf hin. Vielleicht bestand sein Schatz ja darin, in dieses fremde Land zu kommen, einem Dieb zu begegnen und seine Herde zu verdoppeln, ohne das Geringste dafür ausgegeben zu haben. Er war stolz auf sich. Schließlich hatte er wichtige Dinge gelernt, wie den Handel mit Kristallgefäßen, Sprache ohne Worte und die Zeichen. Eines Nachmittags war ihm hier oben am Berghang ein Mann begegnet, der sich beschwerte, daß es nach diesem steilen Anstieg nirgends einen ordentlichen Ort gab, wo man etwas zu trinken bekäme. Nachdem der Jüngling die Sprache der Zeichen mittlerweile kannte, rief er den Händler und sagte:

»Laßt uns Tee ausschenken für die Leute, die den Hang hinaufkommen.«

»Es gibt genug Teeverkäufer in dieser Gegend«, antwortete der Händler.

»Wir könnten den Tee doch in Kristallgläsern servieren. Dann wird er besser schmecken, und die Leute werden die Gläser gleich mitkaufen. Denn was die Menschen am meisten verführt, ist die Schönheit.«

Der Händler schaute den Jüngling eine Weile schweigend an. Er antwortete nichts. Aber an diesem Abend, nachdem er sein Gebet verrichtet hatte und der Laden geschlossen war, setzte er sich mit ihm auf den Bürgersteig und forderte ihn auf, mit ihm eine Nargileh zu rauchen, jene eigentümliche Wasserpfeife, die die Araber benutzen.

»Was suchst du eigentlich?« fragte der alte Kristallwarenhändler.

»Wie ich schon sagte, will ich meine Schafe zurückkaufen. Und dazu benötigt man Geld.«

Der Alte gab noch etwas Glut in die Pfeife und nahm einen tiefen Zug.

»Seit nun schon dreißig Jahren besitze ich diesen Laden. Ich kenne den Unterschied zwischen einem guten und einem schlechten Kristall und weiß genau, wie der Handel funktioniert. Wenn du Tee in Kristallgläsern servierst, dann wird das Geschäft blühen. Dann muß ich meinen Lebensstil ändern.«

»Wäre das denn so schlimm?«

»Ich habe mich daran gewöhnt. Bevor du kamst, dachte ich noch, daß ich soviel Zeit hier verloren hätte, während all meine Freunde fortgezogen sind und ihre Geschäfte eingingen oder aufblühten. Das machte mich sehr traurig. Inzwischen erkenne ich jedoch, daß es nicht richtig war: Der Laden hat genau die überschaubare Größe, die ich mir gewünscht habe. Ich möchte mich nicht mehr verändern, weil ich nicht wüßte, wie ich mich verändern soll. Ich habe mich schon zu sehr an mich selbst gewöhnt.«

Da der Jüngling hierauf nichts zu erwidern wußte, fuhr er fort:

»Du warst ein Segen für mich. Und heute verstehe ich auch, daß jeder verweigerte Segen sich in einen Fluch verwandelt. Ich will nichts mehr vom Leben. Und du zwingst mich, Reichtümer und Möglichkeiten zu sehen, die ich nie kannte. Jetzt, wo ich sie und meine unzähligen Möglichkeiten kenne, werde ich mich noch elender fühlen als zuvor.

Denn nun weiß ich, daß ich alles haben könnte, aber ich will nicht.«

›Wie gut, daß ich dem Obstverkäufer damals nichts gesagt habe‹, dachte der Jüngling.

Sie rauchten noch eine Weile die Nargileh, während die Sonne unterging. Sie unterhielten sich, und der Jüngling war zufrieden mit sich selber, daß er schon Arabisch sprach. Es hatte eine Zeit gegeben, wo er meinte, daß ihn die Schafe alles über die Welt lehren könnten. Aber sie konnten ihm kein Arabisch beibringen.

›Sicherlich gibt es noch vieles auf der Welt, was die Schafe nicht lehren können‹, überlegte er und beobachtete den Händler, ohne etwas zu sagen. ›Schließlich sind sie nur auf der Suche nach Nahrung und Wasser. Ich glaube, daß nicht sie mich lehren, sondern daß ich lerne.‹

»Maktub«, sagte endlich der Händler.

»Was ist das?«

»Um das zu verstehen, muß man Araber sein«, antwortete er. »Aber die Übersetzung wäre ungefähr so: ›Es steht geschrieben.‹«

Und während er die Glut der Nargileh löschte, sagte er, daß der Jüngling Tee in Gläsern verkaufen könne. Manchmal ist es unmöglich, den Lebensstrom aufzuhalten.

Die Menschen gingen den Hang hinauf und wurden dabei
müde. Dann fanden sie dort oben den Laden mit wun-
derschönen Kristallgefäßen, in denen erfrischender Pfeffer-
minztee angeboten wurde. Sie gingen hinein, um Tee zu
trinken, den man ihnen in schönen geschliffenen Gläsern
servierte.

»Daran hat meine Frau noch nie gedacht«, sann ein
Mann nach und kaufte einige Gläser, denn er erwartete für
diesen Abend Besuch: Seine Gäste würden sicher von der
Schönheit der Gläser beeindruckt sein. Ein anderer schwor
darauf, daß der Tee aus Kristallgläsern viel schmackhafter
sei, weil sie das Aroma besser erhalten. Ein dritter meinte,
daß es Tradition im Orient wäre, geschliffene Gläser für Tee
zu verwenden, wegen ihrer magischen Kräfte.

In kurzer Zeit hatte sich die Neuigkeit verbreitet, und
viele Leute kamen den Hang herauf, um den Laden kennenzulernen, der in so einem alteingesessenen Handel etwas
Neues zu bieten hatte. Andere Teeläden mit Kristallgläsern
wurden eröffnet, doch sie befanden sich nicht oberhalb
eines Hanges und blieben deshalb immer leer.

So mußte der Händler innerhalb kürzester Zeit noch
zwei weitere Angestellte einstellen. Er importierte, zusammen mit den Kristallgefäßen, riesige Mengen von Tee, die
täglich von Männern und Frauen mit Durst auf etwas Neues
konsumiert wurden. Und so vergingen sechs weitere Monate.

4

Der Jüngling erwachte noch vor Sonnenaufgang. Inzwischen waren elf Monate und neun Tage vergangen, seit er erstmals seinen Fuß auf den afrikanischen Kontinent gesetzt hatte.

Er zog das arabische Gewand aus weißem Leinen an, das er eigens für diesen Tag erworben hatte. Dann band er sich das Tuch um den Kopf und befestigte es mit einem Ring aus Kamelhaut. Er schlüpfte in die neuen Sandalen und ging hinunter, ohne ein Geräusch zu machen.

Die Stadt lag noch im Schlaf. Er machte sich ein Sesambrot und trank dazu einen heißen Tee aus dem Kristallglas. Dann setzte er sich auf die Türschwelle und rauchte für sich allein die Nargileh. Er paffte still vor sich hin, ohne an etwas zu denken, und lauschte nur dem gleichmäßigen Rauschen des Windes, der den Duft der Wüste brachte. Dann steckte er die Hand in eine der Taschen des Gewandes und bestaunte eine Weile das Päckchen, das er hervorgeholt hatte.

Es war ein großes Geldbündel, genug, um einhundertzwanzig Schafe sowie eine Rückfahrkarte und eine Konzession für den Handel zwischen seinem Heimatland und dem Land, wo er sich befand, zu kaufen. Geduldig wartete er ab, bis der Alte wach wurde und den Laden aufschloß. Dann tranken sie gemeinsam noch einmal Tee.

»Ich werde heute abreisen«, eröffnete ihm der Jüngling. »Ich habe jetzt genug Geld, um meine Schafe zurückzukaufen. Und Ihr habt genug, um nach Mekka zu pilgern.«

Der Alte blieb stumm.

»Bitte gebt mir Euren Segen«, bat der Junge. »Ihr habt mir sehr geholfen.«

Der Alte rührte stumm in seinem Tee. Endlich wandte er sich dem Jüngling zu und sagte: »Ich bin stolz auf dich, mein Junge. Du hast meinem Kristallglasgeschäft eine Seele verliehen. Aber du weißt, daß ich nicht nach Mekka gehe. Ebenso wie du weißt, daß du keine Schafe kaufen wirst.«

»Wer sagt das?« fragte der Jüngling erschrocken.

»Maktub« war alles, was der Kristallwarenhändler erwiderte. Und er segnete ihn.

5

Der Jüngling ging auf sein Zimmer und suchte alles, was er besaß, zusammen. Es ergab drei Beutel voll. Als er gerade im Begriff war zu gehen, bemerkte er seine alte Hirtentasche in einer Ecke des Zimmers. Er erkannte sie kaum wieder, so abgewetzt sah sie aus. Darin waren noch das dicke Buch und der Mantel. Als er den Mantel herausnahm, um ihn irgendeinem Straßenjungen zu schenken, fielen die beiden Steine zu Boden. Urim und Thummim.

Nun erinnerte er sich wieder an den alten König und bemerkte überrascht, wie lange er schon nicht mehr an ihn gedacht hatte. Seit einem Jahr war er bloß noch mit Geldverdienen beschäftigt gewesen, um nur ja nicht als Versager nach Spanien zurückkehren zu müssen.

»Gib nie deine Träume auf«, hatte der Alte gesagt, »folge den Zeichen.«

Der Jüngling hob die beiden Steine auf und hatte dabei wieder das seltsame Gefühl, daß sich der alte König in der Nähe befände. Ein Jahr lang hatte er hart gearbeitet, und nun deuteten die Zeichen darauf hin, daß es an der Zeit sei abzureisen.

›Jetzt werde ich wieder genau das gleiche sein wie früher‹, dachte er. ›Dabei haben mir die Schafe kein Arabisch beigebracht.‹

Doch etwas viel Wichtigeres hatten ihn die Schafe gelehrt: daß es in der Welt eine Sprache gab, die jeder verstand und die der Jüngling die ganze Zeit über benutzt hatte, um das Geschäft zu beleben. Es war die Sprache der Begeisterung, des Einsatzes mit Liebe und Hingabe für die Dinge, an die man glaubt oder die man sich wünscht. Tanger war für ihn keine fremde Stadt mehr, und er fühlte, daß er die ganze Welt erobern könnte, auf die gleiche Weise, wie er diesen Ort erobert hatte.

»Wenn du etwas ganz fest willst, wird das ganze Universum darauf hinwirken, daß du es verwirklichen kannst«, hatte der alte König behauptet.

Doch hatte der König nicht von Überfällen gesprochen, von unendlichen Wüsten, von Menschen, die ihre Träume kennen, aber nicht verwirklichen wollen. Der König hatte auch nicht gesagt, daß die Pyramiden nur alte Steinhaufen seien und jeder sie in seinem Garten errichten könne. Und ebenfalls hatte er zu erwähnen vergessen, daß man, wenn man genügend Geld besaß, um eine größere Schafherde zu kaufen, es auch tun sollte.

Der Jüngling nahm die Hirtentasche und tat sie zu den anderen Beuteln. Er stieg die Treppe hinunter; der Händler bediente gerade ein ausländisches Paar, während zwei weitere Kunden durch den Laden schlenderten und Tee aus Kristallgläsern tranken. Für diese frühe Stunde war allerhand los. Von dem Platz aus, wo er sich jetzt befand, fiel ihm erstmals auf, daß das Haar des Händlers sehr an das Haar des alten Königs erinnerte. Nun entsann er sich des Lächelns jenes Süßwarenhändlers an seinem ersten Tag, als er nicht wußte, wohin, und nichts zu essen hatte; auch sein Lächeln hatte dem des alten Königs geglichen.

›Als ob er hier gewesen wäre, um seine Spur zu hinterlassen‹, überlegte er. ›Als ob jeder Mensch irgendwann in seinem Leben eine Begegnung mit diesem König hätte. Immerhin sagte er doch, daß er immer demjenigen erscheine, der seinem persönlichen Lebensweg folgt.‹

Er ging, ohne sich von dem Kristallwarenhändler zu verabschieden. Denn er wollte nicht weinen, damit die Leute seinen Schmerz nicht sehen könnten. Aber sicherlich würde er diese Zeit und all die Dinge, die er gelernt hatte, in guter Erinnerung behalten. Nun besaß er mehr Selbstvertrauen und wollte die Welt erobern.

›Dennoch kehre ich zu der Gegend zurück, die ich bereits kenne, um wieder Schafe zu weiden.‹ Und dieser Gedanke gefiel ihm plötzlich gar nicht mehr. Er hatte ein ganzes Jahr lang gearbeitet, um sich diesen Traum zu erfüllen, doch nun verblaßte dieser von Minute zu Minute. Vielleicht war es ja gar nicht sein Wunschtraum.

›Wer weiß, ob es nicht besser ist, wie der Händler zu sein:

niemals nach Mekka zu gehen, aber immer davon zu träumen.‹ Er hielt Urim und Thummim in der Hand, und diese Steine vermittelten ihm die Willenskraft des alten Königs. Durch einen Zufall – oder ein Zeichen – kam er zum Café, das er an seinem ersten Tag aufgesucht hatte. Der Dieb war nirgends zu sehen, und der Inhaber servierte ihm eine Tasse Tee.

›Hirte kann ich jederzeit wieder sein‹, überlegte der Jüngling. ›Ich habe gelernt, Schafe zu hüten, und das kann ich nicht mehr verlernen. Aber vielleicht habe ich keine andere Gelegenheit mehr, zu den Pyramiden von Ägypten zu gelangen. Der Alte hatte einen Brustpanzer aus purem Gold gehabt, und er kannte meine Geschichte. Also war er ein wahrhaftiger König, ein weiser König.‹

Nur zwei Schiffsstunden trennten ihn von den Weiden Andalusiens, aber eine riesige Wüste lag zwischen ihm und den Pyramiden. Der Jüngling bemerkte, daß er diesen Gedanken auch andersherum betrachten könne; denn in Wirklichkeit befand er sich ja um zwei Stunden näher bei seinem Schatz. Auch wenn er beinahe ein Jahr gebraucht hatte, um diese Wegstrecke zurückzulegen.

›Ich kann mir denken, warum es mich zu meinen Schafen zieht. Weil ich sie schon kenne; sie machen wenig Arbeit, und man schließt sie ins Herz. Ob man die Wüste auch lieben kann, weiß ich nicht, aber sie ist es, die meinen Schatz birgt. Wenn ich ihn nicht finden sollte, kann ich immer noch heimkehren. Wo mir das Leben nun einmal genug Geld gegeben hat und ich alle Zeit habe, die ich brauche; warum es nicht versuchen?‹ Jetzt verspürte er eine überwältigende Freude. Schafhirte konnte er immer wieder sein.

Kristallglasverkäufer konnte er auch immer wieder sein. Vielleicht barg die Welt noch viele andere Schätze, aber er hatte einen wiederkehrenden Traum gehabt, und ihm war ein König begegnet. Das passierte schließlich nicht jedermann.

Beim Verlassen des Cafés war er zufrieden. Ihm war nämlich eingefallen, daß einer der Zulieferer des Händlers die Kristallwaren mit Karawanen brachte, die die Wüste durchquerten. Er behielt Urim und Thummim fest in der Hand; wegen dieser beiden Steine war er zurückgekehrt auf den Weg zu seinem Schatz.

»Ich bin immer denen nahe, die ihrem persönlichen Lebensweg folgen«, hatte der Alte gesagt. Es kostete also nichts, sich im Lagerhaus zu erkundigen, ob die Pyramiden tatsächlich so weit entfernt lagen.

6

Der Engländer saß in einem Gebäude, das nach Tieren, Schweiß und Staub roch. Man konnte es kaum als Lagerhaus bezeichnen; es glich eher einem Stall. ›Ein Leben lang habe ich studiert, um an solch einem Ort zu enden‹, dachte er, während er zerstreut in einer auf Alchimie spezialisierten Zeitschrift blätterte, ›zehn Jahre Studium für einen Viehstall!‹ Aber er mußte weitermachen. An Zeichen glauben. Sein ganzes Leben, sein ganzes Studium war auf die Kenntnis der einen Sprache ausgerichtet, die das Universum spricht. Zuerst hatte er sich für Esperanto interessiert, danach für Religionen und schließlich für die Alchimie. Inzwischen konnte er Esperanto sprechen, er verstand auch die verschiedenen Religionen, aber er war immer noch kein Alchimist. Sicherlich hatte er wichtige Dinge zu entschlüsseln gelernt. Aber seine Nachforschungen hatten einen Punkt erreicht, wo er keine Fortschritte mehr machte. Vergeblich hatte er versucht, mit dem einen oder anderen Alchimisten in Kontakt zu treten, aber das waren merkwürdige Personen, die nur an sich selber dachten und fast immer jede Hilfe verweigerten. Wer weiß, vielleicht hatten sie den Stein der Weisen entdeckt und hüllten sich deshalb in Schweigen.

Einen Teil seines Vermögens, welches ihm sein Vater hinterlassen hatte, hatte er bereits bei der Suche nach dem Stein der Weisen verbraucht. Für diesen Zweck hatte er die besten Bibliotheken der Welt aufgesucht und die wichtigsten und seltensten Werke über Alchimie gekauft. In einem davon stand zu lesen, daß vor vielen Jahren ein berühmter arabischer Alchimist Europa einen Besuch abgestattet habe. Er war angeblich über zweihundert Jahre alt und hatte den Stein der Weisen sowie das Elixier des langen Lebens entdeckt. Diese Geschichte beeindruckte den Engländer. Aber er hätte sie als eine weitere Legende abgetan, wenn nicht zufällig ein Bekannter von ihm, der von einer archäologischen Wüstenexpedition zurückgekehrt war, von einem alten Araber berichtet hätte, der außergewöhnliche Kräfte besaß.

»Er wohnt in der El-Fayum-Oase«, hatte der Bekannte gesagt. »Und man erzählt sich, daß er zweihundert Jahre alt sei und jedes Metall in Gold verwandeln könne.«

Der Engländer war außer sich vor freudiger Erregung gewesen. Er hatte sich von allen seinen Verpflichtungen freigemacht, die wichtigsten Bücher herausgesucht und war schließlich hierher gelangt, in diesen Schuppen, der einem Stall glich, während sich dort draußen eine riesige Karawane zur Sahara-Durchquerung rüstete. Die Karawane würde durch El-Fayum kommen.

›Ich muß diesen verfluchten Alchimisten unbedingt kennenlernen‹, dachte der Engländer. Und die Ausdünstung der Tiere erschien ihm etwas erträglicher.

Ein junger Araber, beladen mit Gepäck, kam herein und begrüßte den Engländer.

»Wohin gehst du?« fragte ihn der Jüngling.

»In die Wüste«, antwortete der Engländer kurz und widmete sich weiter seiner Lektüre. Er hatte keine Lust zum Reden. Schließlich mußte er alles wiederholen, was er im Lauf der zehn Jahre gelernt hatte, denn der Alchimist würde ihn sicherlich einer Art Prüfung unterziehen.

Der junge Araber nahm ein Buch heraus und begann ebenfalls zu lesen. Das Buch war auf spanisch geschrieben.

›Gott sei Dank‹, dachte der Engländer, denn er konnte wesentlich besser Spanisch als Arabisch sprechen, und wenn der Jüngling auch bis El-Fayum reisen sollte, dann hätte er wenigstens Unterhaltung, wenn es gerade nichts Wichtigeres zu tun gab.

7

›Wie lustig‹, dachte der Jüngling bei sich, während er versuchte, die Szene der Beerdigung, mit der das Buch begann, noch einmal zu lesen. ›Vor beinahe zwei Jahren fing ich hiermit an und kam nicht über die ersten Seiten hinaus.‹ Selbst ohne einen König, der ihn unterbrach, konnte er sich nicht konzentrieren. Er war sich nämlich seines Entschlusses noch nicht ganz sicher. Aber er hatte etwas Wichtiges festgestellt: Die Entscheidungen waren nur der Anfang von etwas. Wenn man einen Entschluß gefaßt hatte, dann tauchte man damit in eine gewaltige Strömung, die einen mit sich riß, zu einem Ort, den man sich bei dem Entschluß niemals hätte träumen lassen.

›Als ich mich auf die Suche nach meinem Schatz begab, hätte ich niemals vermutet, daß ich in einem Kristallwarengeschäft arbeiten würde‹, dachte er und fühlte sich in seinen Überlegungen bestätigt. ›Ebenso kann ich mich zwar für diese Karawane entscheiden, aber wohin sie mich führen wird, das bleibt ein Geheimnis.‹

Vor ihm saß der Europäer, der auch las. Er war unsympathisch, und er hatte ihn mit Verachtung gemustert, als er hereinkam. Sie hätten eigentlich Freunde werden können, aber der Fremde blockte die Unterhaltung ab. Der Jüngling schloß sein Buch. Er wollte nichts tun, was ihn mit dem Europäer gleich werden ließ. So nahm er Urim und Thummim aus der Tasche und begann damit zu spielen.

Da schrie der Ausländer auf: »Urim und Thummim!«

Hastig verstaute der Jüngling die Steine.

»Die sind nicht zu verkaufen!«

»Sie haben auch keinen großen Wert«, sagte der Engländer. »Es sind nur Bergkristalle. Von diesen Gesteinen gibt es Tausende auf der Welt, aber für den Kenner sind dies Urim und Thummim. Mir war nicht bekannt, daß sie auch in dieser Gegend vorkommen.«

»Es war das Geschenk eines Königs«, sagte der Jüngling.

Da verstummte der Fremde. Dann steckte er die Hand in seine Hosentasche und zog zwei ebensolche Steine hervor.

»Du erwähntest einen König«, sagte er.

»Und Ihr glaubt nicht, daß sich ein König mit einem einfachen Hirten unterhält«, meinte der Jüngling und wollte hiermit das Gespräch beenden.

»Ganz im Gegenteil. Die Hirten waren die ersten, die einen König erkannten, während sich die übrige Welt weigerte, ihn anzuerkennen. Darum ist es sehr wahrscheinlich, daß sich Könige mit Hirten unterhalten.«

Und aus Angst, daß ihn der Jüngling nicht verstehen würde, fügte er noch hinzu: »Das steht in der Bibel. Demselben Buch, welches mich lehrte, Urim und Thummim zu verwenden. Diese Steine waren die einzige von Gott gebilligte Art des Wahrsagens. Die Priester trugen sie auf einem goldenen Brustpanzer.« Da war der Jüngling froh, an diesen Ort gekommen zu sein.

»Das soll vielleicht ein Zeichen sein«, sagte der Engländer mehr zu sich selbst, so als ob er laut dachte.

»Wer hat Euch von Zeichen erzählt?« fragte der Jüngling mit wachsendem Interesse.

»Alles im Leben besteht aus Zeichen«, antwortete der

Engländer und schlug seine Zeitschrift zu. »Das Universum besteht aus einer Sprache, die jeder verstehen kann, die wir aber verlernt haben. Nun bin ich unter anderem auf der Suche nach dieser universellen Zeichensprache. Deshalb bin ich hier. Ich muß einen Mann aufsuchen, der diese Sprache beherrscht. Einen Alchimisten.«

Die Unterhaltung wurde vom Chef des Lagerhauses unterbrochen.

»Ihr habt Glück«, sagte der dicke Araber. »Heute nachmittag zieht eine Karawane nach El-Fayum los.«

»Aber ich will nach Ägypten«, entgegnete der Jüngling.

»El-Fayum liegt doch in Ägypten«, bemerkte der Chef. »Was bist du nur für ein Araber?«

Hierauf erwiderte der Jüngling, daß er Spanier sei. Dies erfreute den Engländer: Der junge Mann war zwar wie ein Araber gekleidet, aber doch Europäer.

»Der sagt ›Glück‹, wenn er von Zeichen spricht«, bemerkte der Engländer, als der Dicke gegangen war. »Wenn ich könnte, würde ich eine gewaltige Enzyklopädie über die Worte ›Glück‹ und ›Zufall‹ verfassen. Denn diese Worte sind Teil der universellen Sprache.«

Danach erklärte er dem Jüngling, es sei kein Zufall, daß er ihn mit Urim und Thummim in der Hand angetroffen habe. Er fragte ihn, ob er sich auch auf der Suche nach dem Alchimisten befände.

»Ich bin auf der Suche nach einem Schatz«, antwortete der Jüngling, doch im gleichen Augenblick bereute er es. Aber der Engländer hatte es nicht beachtet.

»Ich auch, in gewisser Weise«, sagte er.

»Und eigentlich weiß ich nicht einmal, was Alchimie bedeutet«, ergänzte der Jüngling, als sie der Chef des Lagerraumes herausrief.

8

»Ich bin der Anführer der Karawane«, sagte ein Mann mit langem Bart und dunklen Augen. »Somit trage ich die Verantwortung über Leben und Tod jedes einzelnen. Denn die Wüste ist wie eine launische Frau und treibt die Menschen manchmal in den Wahnsinn.«

Es waren fast zweihundert Menschen und doppelt so viele Tiere versammelt. Es gab Kamele, Pferde, Esel und Vögel. Es gab Frauen, Kinder und einige Männer mit Säbeln am Gürtel oder langen Gewehren auf den Schultern. Der Engländer führte mehrere Kisten voller Bücher mit sich. Ein gewaltiges Gemurmel erfüllte den Platz, und der Anführer mußte seine Worte mehrmals wiederholen, bis alle sie verstanden.

»Hier gibt es die unterschiedlichsten Menschen, die verschiedene Götter in ihren Herzen verehren. Aber mein einziger Gott ist Allah, und bei ihm schwöre ich, daß ich mein möglichstes tun und mein Bestes geben werde, um auch diesmal wieder die Wüste zu bezwingen. Nun möchte ich, daß jeder von euch im Namen seines Gottes schwört, daß er mir unter allen Umständen bedingungslos gehorchen wird. Denn in der Wüste kann Ungehorsam den Tod bedeuten.«

Ein allgemeines Gemurmel setzte ein, denn ein jeder schwor Gehorsam im Namen seines Gottes. Der Jüngling schwor bei Jesus Christus. Der Engländer schwieg. Das Gemurmel hielt noch eine Weile an, weil die Leute auch um den Schutz des Himmels baten.

Dann ertönte ein langer Hornton, und jeder bestieg sein Tier. Sowohl der Jüngling als auch der Engländer hatten sich Kamele zugelegt und bestiegen sie mit einiger Mühe. Dem Jüngling tat das Kamel des Engländers leid, weil es mit schweren Bücherkisten beladen war.

»Es gibt keine Zufälle«, sagte der Engländer und versuchte das Gespräch aus dem Lagerraum fortzusetzen. »Es war ein Bekannter, der mich hierherführte, weil er einen Araber kannte, der...«

Aber die Karawane setzte sich in Bewegung, so daß es unmöglich wurde, den Engländer zu verstehen. Doch der Jüngling wußte, um was es sich handelte: die geheimnisvolle Kette, in der ein Ereignis mit dem nächsten zusammenhing, die ihn Hirte werden und ihn dann den gleichen Traum mehrmals träumen ließ, die ihn in eine Stadt nahe bei Afrika führte, um einem König zu begegnen, die bewirkte, daß man ihn beraubte, damit er einen Kristallwarenhändler kennenlernte, um dann...

›Je näher man an seinen Traum herankommt, um so mehr wird der persönliche Lebensweg zum eigentlichen Lebensziel‹, dachte der Jüngling.

9

Die Karawane machte sich in Richtung Sonnenuntergang auf den Weg. Sie reiste vormittags, machte Pause, wenn die Sonne am höchsten stand, und zog nachmittags weiter. Der Jüngling unterhielt sich wenig mit dem Engländer, da dieser die meiste Zeit mit seinen Büchern beschäftigt war.

So begann er, schweigend den Marsch der Tiere und der Menschen durch die Wüste zu beobachten. Jetzt war alles ganz anders als am Tag der Abreise: An jenem Tag hatte ein heilloses Durcheinander und Geschrei geherrscht, Kinderweinen hatte sich mit dem Schreien der Tiere und mit den nervösen Anordnungen der Führer und der Händler vermischt.

In der Wüste dagegen gab es nur den ewigen Wind, die Stille, den Hufschlag der Tiere. Selbst die Führer unterhielten sich wenig miteinander.

»Ich habe diese Dünen schon oft durchquert«, sagte ein Kameltreiber eines Abends. »Aber die Wüste ist so gewaltig, die Horizonte sind so fern, daß man sich sehr klein vorkommt und vor Ehrfurcht verstummt.«

Der Jüngling konnte gut verstehen, was der Kameltreiber meinte, auch ohne zuvor eine Wüste durchquert zu haben. Immer, wenn er das Meer oder Feuer betrachtete, konnte er stundenlang still sein, ohne an etwas zu denken, versunken in die Unermeßlichkeit und die Kraft der Elemente.

›Ich habe schon von Schafen und von Kristallen gelernt, warum sollte mich die Wüste nicht auch etwas lehren‹, überlegte er. ›Sie scheint mir noch älter und weiser zu sein.‹

Der Wind hörte niemals auf. Der Jüngling erinnerte sich an den Tag, als er denselben Wind auf der Festung in Tarifa gespürt hatte. Vielleicht strich er in diesem Moment sanft über die Wolle seiner Schafe, die auf der Suche nach Wasser und Nahrung durch die Weiten von Andalusien zogen.

›Eigentlich sind es gar nicht mehr meine Schafe‹, sagte er sich ohne Bedauern. ›Sie haben sich bestimmt schon an einen neuen Hirten gewöhnt und mich vergessen. Das ist auch gut so. Wer wie die Schafe gewöhnt ist umherzuziehen, weiß auch, daß man immer eines Tages Abschied nehmen muß.‹

Dann dachte er an die Tochter des Tuchhändlers und war sich sicher, daß sie bereits verheiratet war. Vielleicht mit einem Obstverkäufer oder sogar mit einem Hirten, der auch lesen konnte und ausgefallene Geschichten zu erzählen wußte. Gewiß war er nicht der einzige. Und ihn beeindruckte seine Vermutung: Lernte er jetzt womöglich jene universelle Sprache verstehen, die die Vergangenheit und Gegenwart eines jeden Menschen erfahrbar macht? »Ahnungen«, pflegte seine Mutter zu sagen. Der Jüngling begann zu verstehen, daß diese Ahnungen ein kurzes Eintauchen der Seele in den universellen Lebensstrom sind, in dem die Lebensgeschichten aller Menschen miteinander verbunden sind und aus dem wir alles erfahren können, denn alles »steht geschrieben«. »Maktub«, sagte der Jüngling und erinnerte sich an den Kristallhändler.

Die Wüste bestand bald aus Sand und bald aus Stein. Wenn die Karawane auf einen Felsbrocken stieß, dann umging sie ihn weitläufig. Wenn der Sand zu weich für die Kamelhufe war, dann suchte sie einen Umweg, wo der Sand widerstandsfähiger war. Manchmal war der Boden, wo einst ein See existiert haben mußte, mit Salz überzogen. Dann streikten die Tiere, und die Kameltreiber stiegen ab und entluden sie. Dann packten sie sich die Lasten auf die eigenen Schultern, durchquerten das schwierige Gelände und beluden die Tiere aufs neue. Wenn ein Führer erkrankte oder starb, dann bestimmten die Kameltreiber durch das Los einen neuen.

Nie aber verlor die Karawane ihr Ziel aus den Augen, wie viele Umwege sie auch machen mußte. Waren die Hindernisse überwunden, wandten sie sich wieder dem Stern zu, der die Position der Oase angab. Wenn die Leute morgens den leuchtenden Stern am Firmament sahen, wußten sie, daß er einen Ort mit Frauen, Wasser, Datteln und Palmen anzeigte. Nur der Engländer bemerkte es nicht: Er war die meiste Zeit in die Lektüre seiner Bücher vertieft.

Der Jüngling besaß auch ein Buch, welches er während der ersten Reisetage zu lesen versuchte. Aber er fand es viel unterhaltsamer, die Karawane zu beobachten und dem Wind zu lauschen. Als er sein Kamel besser kennen- und schätzengelernt hatte, warf er das Buch fort. Es war unnötiger Ballast. Und dennoch hatte er abergläubisch gehofft, jedesmal, wenn er das Buch aufschlug, einem bedeutsamen Menschen zu begegnen. Inzwischen hatte er sich mit dem Kameltreiber angefreundet, der immer an seiner Seite ritt. Nachts, wenn sie sich alle um die Lagerfeuer versammelten, erzählte er dem Kameltreiber von seinen Erlebnissen als Hirte. Während einer dieser Unterhaltungen begann der Kameltreiber aus seinem Leben zu erzählen.

»Ich wohnte an einem Ort in der Nähe von Al-Kahira«, sagte er. »Ich hatte einen Gemüsegarten, meine Kinder und ein ruhiges Leben, das sich bis zu meinem Tod nicht ändern sollte. In einem Jahr, in dem die Ernte ergiebiger war, reisten wir nach Mekka, womit ich die einzige Verpflichtung einlöste, die mir in meinem Leben noch geblieben war. Nun konnte ich in Frieden sterben, und das war ein gutes Gefühl. Doch eines Tages bebte die Erde, und der Nil stieg über seine Ufer. Das, von dem ich glaubte, daß es nur den anderen passieren könnte, ist mir selber geschehen. Meine Nachbarn befürchteten, ihre Olivenbäume bei der Überschwemmung zu verlieren, meine Frau befürchtete, daß unsere Kinder ertrinken könnten. Und ich hatte panische Angst, es würde zerstört, was ich mir geschaffen hatte. Aber es half nichts. Der Boden wurde untauglich, so daß ich einen anderen Weg finden mußte, um meine Familie zu ernähren. Heute bin ich Kameltreiber. Damals habe ich Allahs Worte begriffen: Niemand muß das Unbekannte fürchten, weil jeder Mensch das erreichen kann, was er will und was er braucht. Wir fürchten uns lediglich vor dem Verlust dessen, was wir besitzen, fürchten um unser Leben oder die Felder, die wir bestellt haben. Aber diese Angst vergeht, wenn wir begreifen, daß unsere Geschichte und die Geschichte der Erde von derselben Hand geschrieben wurden.«

Manchmal begegneten sich nachts zwei Karawanen. Stets hatte die eine das, was der anderen gerade fehlte – so, als ob tatsächlich alles von ein und derselben Hand geschrieben würde. Die Kamelführer tauschten Informationen über Sandstürme aus und versammelten sich um die Feuer und erzählten Geschichten über die Wüste.

Ein anderes Mal kamen geheimnisvolle Kapuzenmänner; es handelte sich um Beduinen, die die Route der einzelnen Karawanen auskundschafteten. Sie warnten vor Räubern und wilden Stämmen. Sie kamen im stillen und gingen im stillen, in ihrer schwarzen Kleidung, aus der nur die Augen hervorsahen.

In einer dieser Nächte kam der Kameltreiber an das Lagerfeuer, wo der Jüngling und der Engländer saßen.

»Es geht ein Gerücht über einen Krieg zwischen den Stämmen um«, sagte er.

Dann schwiegen alle drei. Der Jüngling bemerkte, daß Angst in der Luft lag, obwohl niemand etwas sagte. Wieder einmal konnte er die wortlose Sprache verstehen, die universelle Sprache.

Nach einiger Zeit fragte der Engländer, ob Gefahr bestehe.

»Wer in die Wüste geht, kann nicht umkehren«, antwortete der Kamelführer. »Wenn es kein Zurück gibt, müssen wir die beste Möglichkeit finden, vorwärts zu kommen. Alles Weitere überlassen wir Allah, einschließlich der Gefahr.«

Und er schloß mit dem geheimnisvollen Wort: Maktub.

»Ihr solltet die Karawanen genauer beobachten«, sagte der Jüngling zu dem Engländer, nachdem der Kameltreiber gegangen war. »Sie machen viele Umwege und steuern doch immer dasselbe Ziel an.«

»Und du solltest mehr über die Welt lesen«, entgegnete der Engländer. »Bücher sind genauso lehrreich wie Karawanen.«

Der lange Zug von Menschen und Tieren bewegte sich nun schneller. Nicht nur tagsüber ging es schweigend voran; auch in den Abendstunden, wo sich die Leute immer um die Lagerfeuer versammelt hatten, um sich zu unterhalten, wurde es jetzt immer stiller. Eines Tages beschloß der Anführer sogar zu verbieten, daß Feuer angezündet wurden, die auf die Karawane aufmerksam machen könnten.

Die Reisenden bildeten nun einen äußeren Ring aus Tieren, in dessen Mitte sie sich zusammendrängten, um sich so vor der Kälte zu schützen, und der Anführer ließ bewaffnete Wächter um die Gruppe herum aufstellen.

In einer jener Nächte konnte der Engländer nicht einschlafen. Er rief den Jüngling, und sie gingen durch die Dünen, die sich um das Lager herum erstreckten, spazieren. Es war eine Vollmondnacht, und der Jüngling erzählte dem Engländer seine ganze Geschichte.

Der Engländer war fasziniert von dem Kristallwarengeschäft, das einen Aufschwung erlebte, nachdem der Jüngling dort zu arbeiten begonnen hatte.

»Das ist das Prinzip, das allem zugrunde liegt«, sagte er. »In der Alchimie nennt man es die Weltenseele. Wenn du dir etwas aus tiefstem Herzen wünschst, dann bist du der Weltenseele näher. Sie ist immer eine positive Kraft.«

Er sagte noch, daß dies nicht nur eine Eigenschaft des Menschen sei: Alles auf Erden besitze eine Seele, egal, ob es sich um ein Mineral, eine Pflanze oder ein Tier handele oder lediglich um einen Gedanken.

»Alles, was auf Erden existiert, verändert sich ständig, weil die Welt lebt und eine Seele besitzt. Wir sind Teil dieser Seele, aber nur wenige wissen, daß sie stets für uns tätig ist. Dir sollte klar sein, daß in jenem Laden jedes einzelne Kristallgefäß zu deinem Erfolg beigetragen hat.«

Der Jüngling betrachtete schweigend den Mond und den weißen Sand. Endlich sagte er: »Ich habe die Karawane auf ihrem Marsch durch die Wüste beobachtet. Sie und die Wüste sprechen dieselbe Sprache, und darum darf sie diese auch durchqueren. Die Karawane überlegt sich jeden Schritt, um auch ja mit der Wüste im Einklang zu sein, und wenn sie es ist, dann wird sie die Oase auch erreichen. Käme einer von uns zwar mit viel Mut, doch ohne diese Sprache zu beherrschen, hierher, würde er schon am ersten Tag sterben.«

Beide betrachteten sie den Mond.

»Das ist die Magie der Zeichen«, fuhr der Jüngling fort. »Ich konnte beobachten, wie die Führer die Zeichen der Wüste erkennen und wie die Seele der Karawane sich mit der Seele der Wüste verständigt.«

Nach einer Pause war es der Engländer, der sagte: »Ich muß der Karawane mehr Aufmerksamkeit schenken.«

»Und ich sollte Eure Bücher lesen«, meinte daraufhin der Jüngling.

II

Es waren sehr merkwürdige Bücher. Sie sprachen von Quecksilber, Salz, Drachen und Königen, doch er verstand nichts. Immerhin gab es einen Leitfaden, der sich durch fast alle Bücher zog: Alle Dinge sind Offenbarungen des einen großen Ganzen. In einem der Bücher entdeckte er, daß der wichtigste Text der Alchimie sich auf ein paar Zeilen beschränkte, die auf einer Smaragdtafel aufgezeichnet waren.

»Es handelt sich dabei um die *Tabula smaragdina*«, sagte der Engländer, stolz, dem Jüngling etwas beibringen zu können.

»Wozu dann all diese Bücher?«

»Um diese Zeilen zu deuten«, meinte der Engländer, nicht sehr überzeugt.

Das Buch, welches den Jüngling am meisten interessierte, erzählte die Geschichte der bekanntesten Alchimisten. Es waren Männer, die ihr ganzes Leben dem Läutern von Metallen in Laboratorien gewidmet hatten; sie glaubten, daß, wenn man ein Metall viele Jahre lang erhitzte, es seine ursprünglichen Eigenschaften verlieren würde und daß an deren Statt nur die Weltenseele zurückbliebe. Dieses eine Ganze sollte es den Alchimisten ermöglichen, alles auf der Erde zu verstehen, weil es die Sprache war, die alle Dinge miteinander verband. Sie nannten diese Entdeckung das Große Werk, das aus einem flüssigen und einem festen Anteil bestand.

»Genügt es denn nicht, die Menschen und die Zeichen zu

beobachten, um diese Sprache zu entdecken?« fragte der Jüngling.

»Du hast die schlechte Angewohnheit, alles zu vereinfachen«, meinte der Engländer gereizt. »Die Alchimie ist eine ernste Angelegenheit. Sie verlangt, daß jeder Schritt genau nach den Anweisungen der Meister ausgeführt wird.«

Der Jüngling erfuhr, daß der flüssige Anteil des Großen Werkes sich Elixier des langen Lebens nannte, welches alle Krankheiten heilte und dem Alchimisten das Altern ersparte. Der feste Anteil nannte sich Stein der Weisen.

»Es ist nicht einfach, den Stein der Weisen zu entdecken«, sagte der Engländer. »Die Alchimisten verbrachten viele Jahre in den Laboratorien und schauten der Flamme zu, die die Metalle läuterte. Sie sahen so lange in die Flamme, bis nach und nach alle Eitelkeiten dieser Welt von ihnen abfielen. Dann stellten sie eines Tages fest, daß die Läuterung der Metalle auch sie selber geläutert hatte.«

Da mußte der Jüngling an den Kristallwarenhändler denken. Jener hatte es für gut befunden, daß die Gefäße gereinigt würden, damit sie beide sich von schlechten Gedanken befreien konnten. Jetzt war auch er immer mehr davon überzeugt, daß die Alchimie auch im täglichen Leben erlernbar sei.

»Außerdem«, so fuhr der Engländer fort, »besitzt der Stein der Weisen eine faszinierende Eigenschaft. Es genügt ein kleiner Splitter davon, um große Mengen Metall zu Gold zu machen.«

Mit diesem Satz wuchs das Interesse des Jünglings an der Alchimie noch um einiges. Er dachte, mit ein bißchen Geduld könne er alles in Gold verwandeln. Er las das Leben einiger Personen nach, die es erreicht hatten: Helvetius, Elias, Fulcanelli, Geber. Es waren faszinierende Geschichten: Alle waren sie ihren persönlichen Lebensweg bis zum Ende gegangen. Sie reisten, trafen sich mit Weisen, vollbrachten Wunder vor Menschen, die ihnen keinen Glauben schenkten, besaßen den Stein der Weisen und das Elixier des langen Lebens.

Aber als er sich daran machen wollte, zu erlernen, das Große Werk zu schaffen, kam er nicht weiter. Es gab nur Zeichnungen, verschlüsselte Instruktionen, unverständliche Texte.

12

»Warum ist alles so unverständlich geschrieben?« fragte er den Engländer eines Abends. Er hatte bemerkt, daß der Engländer ziemlich gereizt war und seine Bücher vermißte.

»Damit nur diejenigen, die sich ernsthaft damit auseinandersetzen, es verstehen können«, antwortete er. »Denk bloß, wenn jeder Blei in Gold verwandeln könnte, dann wäre das Gold bald nichts mehr wert. Nur die Ausdauernden, nur diejenigen, die viel nachforschen, vollenden das Große Werk. Darum befinde ich mich ja hier mitten in der Wüste. Um einem wirklichen Alchimisten zu begegnen, der mir behilflich ist, die Geheimsprache zu entziffern.«

»Wann wurden diese Bücher geschrieben?« fragte der Jüngling.

»Vor vielen Jahrhunderten.«

»Damals wurden doch noch keine Bücher gedruckt«, beharrte der Jüngling. »Es gab also keine Möglichkeit, daß ein jeder von der Alchimie Kenntnis bekam. Warum dann diese seltsame Sprache mit den vielen Zeichnungen?«

Der Engländer entgegnete darauf nichts. Er sagte, er habe die Karawane nun seit einigen Tagen beobachtet, aber nichts Neues dabei entdeckt. Das einzige, was ihm aufgefallen sei, war, daß die Gerüchte über einen Krieg ständig zunahmen.

13

Irgendwann gab der Jüngling dem Engländer seine Bücher zurück.

»Nun, hast du viel gelernt?« fragte dieser voller Erwartung. Er brauchte nämlich jemanden, mit dem er sprechen konnte, um seine Angst vor dem Krieg zu vergessen.

»Ich habe gelernt, daß die Welt eine Seele hat, und wer diese Seele versteht, wird die Sprache der Dinge verstehen. Auch habe ich gelernt, daß viele Alchimisten ihren persönlichen Lebensplan gelebt und somit die Weltenseele, den Stein der Weisen und das Lebenselixier entdeckt haben. Aber hauptsächlich habe ich gelernt, daß diese Dinge so einfach sind, daß sie auf eine Smaragdtafel passen.«

Der Engländer war enttäuscht. Die Jahre des Studiums, die magischen Symbole, die schwierigen Wörter, die Labor-

geräte, nichts von alledem hatte den Jüngling beeindruckt.
›Seine Seele muß zu einfältig sein, um das erfassen zu können‹, überlegte er.

Er nahm seine Bücher wieder an sich und verstaute sie in den Packtaschen seines Kamels.

»Geh du nur zu deiner Karawane zurück. Sie hat mich ihrerseits auch nichts weiter gelehrt«, sagte er.

Der Jüngling genoß die Stille der Wüste und betrachtete den von den Tieren aufgewirbelten Sand. ›Jeder lernt auf seine Weise‹, sagte er sich. ›Seine Art ist nicht die meine, und meine Art nicht die seine. Aber beide suchen wir unseren Lebensweg, und deshalb achte ich ihn.‹

14

Mittlerweile reiste die Karawane bei Tag und bei Nacht. Ständig tauchten die in Kapuzen gehüllten Kuriere auf, und der Kameltreiber, mit dem er sich angefreundet hatte, erklärte, daß der Krieg zwischen den Stämmen begonnen hatte. Sie brauchten viel Glück, um die Oase heil zu erreichen.

Die Tiere waren erschöpft, und die Menschen wurden immer stiller. Nachts war die Stille am schlimmsten, und schon der Schrei eines Kamels erschreckte alle, da er das Zeichen für einen Angriff sein konnte.

Der Kameltreiber schien von der Kriegsbedrohung jedoch nicht sonderlich beeindruckt.

»Ich lebe«, sagte er dem Jüngling, während er sich einen Teller Datteln schmecken ließ, in einer Nacht ohne Lagerfeuer und ohne Mondschein. »Während ich esse, tue ich nichts weiter als essen. Wenn ich laufe, dann mache ich nichts außer laufen. Und wenn ich kämpfen muß, dann wird dieser Tag zum Sterben ebenso gut sein wie jeder andere. Denn ich lebe weder in der Vergangenheit noch in der Zukunft. Ich habe nur die Gegenwart, und nur diese interessiert mich. Wenn du immer in der Gegenwart leben kannst, dann bist du ein glücklicher Mensch. Dann wirst du bemerken, daß die Wüste lebt, daß der Himmel voller Sterne ist und daß die Krieger kämpfen, weil dies Teil des Menschen ist. Dann wird das Leben zu einem großen Schauspiel, zu einem Fest, denn es ist immer und ausschließlich der Moment, den wir gerade erleben.«

Zwei Nächte danach, als er sich zum Schlafen vorbereitete, sah der Jüngling nach dem Stern, der sie geleitet hatte. Er bemerkte überrascht, daß der Horizont tiefer zu liegen schien, denn über der Wüste standen Hunderte von Sternen.

»Das ist die Oase«, erklärte der Kameltreiber.

»Und warum gehen wir nicht sofort dorthin?«

»Weil wir schlafen müssen.«

Als die Sonne am Horizont auftauchte, öffnete der Jüngling die Augen. Dort, wo vorige Nacht die kleinen Sterne geleuchtet hatten, erstreckte sich den Horizont entlang eine endlose Reihe von Dattelpalmen.

»Wir haben es geschafft«, meinte der Engländer, der auch gerade aufgewacht war, erleichtert.

Der Jüngling schwieg. Er hatte das Schweigen der Wüste gelernt und begnügte sich damit, die Palmen am Horizont zu betrachten. Bis zu den Pyramiden mußte er noch einen weiten Weg zurücklegen, und eines Tages würde dieser Morgen nur mehr eine Erinnerung sein. Aber jetzt war er der gegenwärtige Augenblick, das Schauspiel, von dem der Kameltreiber gesprochen hatte, und er versuchte, ihn auszukosten, ohne darüber die Lehren aus der Vergangenheit und die Träume für die Zukunft zu vergessen. Eines Tages würden diese Tausende von Dattelpalmen nur noch eine Erinnerung sein, aber in diesem Moment bedeuteten sie für ihn Schatten, Wasser und einen Zufluchtsort vor dem Krieg. So, wie das Schreien eines Kamels zum Zeichen für Gefahr werden konnte, so konnte ein Palmenhain ein Wunder bedeuten.

›Die Welt spricht viele Sprachen‹, dachte der Jüngling.

›Je schneller die Zeitläufte, desto schneller die Karawanen‹, dachte der Alchimist, während er Hunderte von Menschen und Tieren in der Oase ankommen sah. Die Bewohner liefen den Neuankömmlingen laut rufend entgegen, während der aufgewirbelte Staub die Wüstensonne verdeckte und die Kinder aufgeregt umhersprangen, als sie die Fremden sahen. Der Alchimist beobachtete, wie die Stammesoberhäupter sich dem Anführer der Karawane näherten und sie sich lange miteinander unterhielten.

Aber das alles interessierte den Alchimisten wenig. Er hatte schon viele Menschen ankommen und wieder abreisen sehen, während die Oase und die Wüste immer dieselben blieben. Er hatte Könige und Bettler diesen Sand durchwandern sehen, der wegen des Windes laufend seine Form veränderte, aber dennoch immer derselbe blieb, den er schon aus seiner Kindheit kannte. Trotzdem konnte er nicht umhin, in der Tiefe seines Herzens ein wenig jene Freude am Leben nachzuempfinden, die die Reisenden überkommt, wenn sie nach gelbem Sand und blauem Himmel endlich die grünen Palmen vor ihren Augen auftauchen sehen. ›Vielleicht erschuf Gott die Wüste nur, damit sich die Menschen an den Dattelpalmen erfreuen sollen‹, dachte er.

Dann beschloß er, sich praktischeren Dingen zuzuwenden. Er wußte, daß in dieser Karawane ein Mann anreiste, dem er einen Teil seiner Geheimnisse anvertrauen sollte. Die Zeichen hatten es ihm bereits angekündigt. Er kannte diesen Mann zwar noch nicht, doch seine erfahrenen Augen würden ihn sogleich erkennen, wenn er ihn zu Gesicht bekam. Er hoffte, daß er auch so ein gelehriger Schüler sein würde wie der vorherige.

›Ich weiß nicht, wozu man diese Dinge mündlich weitergeben soll‹, überlegte er. ›Gott enthüllt seine Geheimnisse all seinen Kreaturen reichlich.‹

Er hatte nur eine Erklärung dafür: Diese Dinge mußten so vermittelt werden, weil sie aus aktivem Leben bestanden und diese Art des Lebens schlecht durch Bilder oder Schriften vermittelt werden konnte. Denn die Menschen lassen sich allzuleicht von Bildern und Büchern faszinieren und vergessen dabei, auf die Sprache der Welt zu achten.

17

Sämtliche Neuankömmlinge wurden sogleich den Stammesoberhäuptern von El-Fayum vorgeführt. Der Jüngling mochte seinen Augen nicht trauen: Die Oase war gar kein von ein paar Palmen umgebenes Wasserloch – wie er es einst in einem Geschichtsbuch gelesen hatte –, sondern viel größer als manch spanischer Ort. Es gab dreihundert Brunnen, fünfzigtausend Dattelpalmen und dazwischen viele bunte Zelte.

»Es sieht wie in *Tausendundeine Nacht* aus«, bemerkte der Engländer, der es kaum erwarten konnte, den Alchimisten aufzusuchen.

Bald wurden sie von den Kindern umringt, die die Tiere

und die Fremden neugierig beobachteten. Die Männer wollten gleich wissen, ob sie irgendwelche Kämpfe gesehen hätten, während sich die Frauen um die Stoffe und Steine zankten, welche die Händler mitgebracht hatten. Die Stille der Wüste war wie ein ferner Traum; die Menschen redeten ohne Unterlaß, lachten und schrien, als seien sie aus einer Geisterwelt wieder in die Menschenwelt zurückgekehrt. Sie waren glücklich und zufrieden.

Während sie tags zuvor noch lauter Vorsichtsmaßnahmen getroffen hatten, erklärte der Kameltreiber dem Jüngling nun, daß eine Oase inmitten der Wüste immer als neutraler Ort gelte, da die Bevölkerung überwiegend aus Frauen und Kindern bestand. Es gab auf der einen wie auf der anderen Seite Oasen, so daß die Krieger im Sand der Wüste kämpften und die Oase als Zufluchtsort betrachteten.

Der Anführer der Karawane trommelte alle mit einiger Mühe zusammen und begann die Anweisungen zu erteilen. Sie würden hierbleiben, bis der Krieg zwischen den Stämmen beendet sei. Als Besucher sollten sie die Zelte mit den Oasenbewohnern teilen, die ihnen die besten Plätze überlassen würden. Das forderte das Gebot der Gastfreundschaft. Danach bat er alle Männer, auch seine Wächter, ihre Waffen den von den Stammesoberhäuptern bestimmten Männern auszuhändigen.

»Das verlangen die Kriegsregeln«, erklärte der Anführer ihnen. »Die Oasen dürfen keine Heere oder Krieger beherbergen.«

Zur Überraschung des Jünglings holte der Engländer einen verchromten Revolver aus seiner Jacke und übergab ihn dem Mann, der die Waffen einsammelte.

»Wozu einen Revolver?« fragte er.

»Um zu lernen, den Menschen zu vertrauen«, antwortete der Engländer. Er war glücklich, am Ziel seiner Suche angelangt zu sein.

Der Jüngling hingegen mußte an seinen Schatz denken. Je näher er seinem Traum kam, um so schwieriger gestalteten sich die Dinge. Das, was der alte König als Anfängerglück bezeichnet hatte, galt nicht mehr. Was weiter galt, das wußte er: daß Ausdauer und Mut eines Menschen geprüft werden, der nach seinem persönlichen Lebensweg sucht. Darum durfte er auch nichts überstürzen oder ungeduldig werden. Sonst würde er die Zeichen Gottes am Wegrand nicht bemerken.

›Die Zeichen am Wegrand sind von Gott‹, dachte der Jüngling, überrascht von seinen Gedankengängen. Bisher hatte er die Zeichen als etwas Natürliches betrachtet. Wie Essen oder Schlafen, etwas wie Liebe suchen oder eine Arbeit finden. Er hatte noch nie daran gedacht, daß es eine Sprache sein könnte, die Gott gebrauchte, um ihm zu zeigen, was er tun sollte.

›Sei nicht ungeduldig‹, sagte er abermals zu sich. ›Wie es der Kameltreiber erklärte: Iß zur Essenszeit. Und reise zur Reisezeit.‹

Den ersten Tag verschliefen alle vor Erschöpfung, sogar der Engländer. Der Jüngling war getrennt von ihm untergebracht, in einem Zelt mit fünf anderen jungen Männern, alle ungefähr im gleichen Alter. Es waren Wüstenkinder, und sie wollten Geschichten über die großen Städte hören.

Der Jüngling erzählte von seinem Leben als Hirte und

wollte gerade beginnen, seine Erfahrungen im Kristallwarengeschäft zu schildern, als der Engländer hereinkam.

»Ich habe dich schon überall gesucht«, sagte er und zog den Jüngling ins Freie. »Du mußt mir helfen, ausfindig zu machen, wo der Alchimist wohnt.«

Zuerst versuchten die beiden es allein. Ein Alchimist würde sicherlich anders leben als die übrigen Oasenbewohner, und in seinem Zelt brannte wahrscheinlich immer ein Schmelzofen. Sie liefen lange herum, bis ihnen klar wurde, daß die Oase viel größer war, als sie es sich vorgestellt hatten, mit vielen Hunderten von Zelten.

»Jetzt haben wir fast den ganzen Tag verloren«, bemerkte der Engländer und setzte sich mit dem Jüngling in die Nähe eines Brunnens.

»Vielleicht sollten wir lieber fragen«, meinte der Jüngling. Der Engländer war recht unschlüssig, weil er die Anwesenheit des Alchimisten in der Oase den anderen nicht verraten wollte. Aber er stimmte schließlich doch zu und bat den Jüngling, es zu tun, weil er besser Arabisch sprach. So näherte sich der Jüngling einer Frau, die zum Brunnen gekommen war, um ihren Schlauch aus Schafsleder mit Wasser zu füllen.

»Guten Tag. Ich würde gerne wissen, wo hier in der Oase ein Alchimist lebt«, fragte er vorsichtig.

Die Frau sagte, daß sie noch nie von so etwas gehört habe, und eilte schnell davon. Vorher jedoch machte sie den Jüngling noch darauf aufmerksam, daß er nie mit einer schwarzgekleideten Frau reden dürfe, weil es sich dabei um eine verheiratete Frau handle. Er müsse die Tradition achten.

Der Engländer war sehr enttäuscht. Sollte er diese lange

Reise ganz umsonst gemacht haben? Der Jüngling wurde auch traurig; schließlich war sein Begleiter ebenfalls auf der Suche nach seinem persönlichen Lebensweg. Und wenn das so ist, dann wird das ganze Universum dazu beitragen, damit die betreffende Person auch erreicht, was sie will, hatte einst der alte König gesagt. Und er konnte sich doch nicht irren. »Ich habe noch nie etwas von einem Alchimisten gehört«, sagte der Jüngling, »sonst wäre ich dir gerne behilflich.«

Die Augen des Engländers leuchteten auf.

»Genau das ist es! Wahrscheinlich weiß hier niemand, was ein Alchimist ist! Frage also nach dem Mann, der alle Krankheiten heilt.«

Verschiedene schwarzgekleidete Frauen kamen zum Brunnen, um Wasser zu holen, und der Jüngling sprach sie nicht an, sosehr ihn der Engländer auch drängte. Bis endlich ein Mann auftauchte. »Kennt Ihr jemanden, der die Krankheiten im Dorf heilt?« fragte der Jüngling.

»Allah heilt alle Krankheiten«, antwortete der Mann, den die Fremden sichtlich erschreckten. »Ihr seid auf der Suche nach Zauberern.« Und nachdem er ein paar Verse aus dem Koran zitiert hatte, ging er eilig weiter.

Ein anderer Mann näherte sich. Er war älter und hatte nur einen kleinen Eimer bei sich.

Der Jüngling wiederholte seine Frage.

»Wozu wollt ihr diesen Mann kennenlernen?« stellte der Araber die Gegenfrage.

»Weil mein Freund viele Monate gereist ist, um ihn zu treffen.«

»Wenn dieser Mann in der Oase lebt, muß er sehr mächtig sein«, sagte der Alte, nachdem er einige Minuten nachgedacht hatte. »Nicht einmal die Oberhäupter könnten ihn rufen, wenn sie ihn brauchten. Nur wenn er selber es bestimmen würde. Wartet, bis der Krieg zu Ende ist. Und dann reist mit der Karawane weiter. Versucht nicht, in das Leben der Oase einzudringen«, schloß er und ging seines Weges.

Aber der Engländer freute sich. Sie waren auf der richtigen Spur. Endlich tauchte ein Mädchen auf, das nicht schwarz gekleidet war. Sie trug einen Tonkrug auf der Schulter, der Kopf war von einem Schleier umhüllt, doch das Gesicht war frei. Der Jüngling näherte sich, um nach dem Alchimisten zu fragen.

Dann war es, als würde die Zeit plötzlich stillstehen und die Weltenseele allgewaltig vor dem Jüngling auftauchen. Als er in ihre schwarzen Augen blickte, auf ihre Lippen, die sich nicht zwischen Lächeln und Schweigen entscheiden konnten, verstand er den wichtigsten und weisesten Teil der Sprache, die die Welt sprach, die alle Menschen dieser Erde in ihren Herzen verstehen konnten. Und der nannte sich Liebe, jene Kraft, die älter war als der Mensch oder selbst die Wüste, die aber immer mit der gleichen Gewalt wiedererstand, überall dort, wo sich zwei Augenpaare begegnen, wie sich nun diese beiden Augenpaare vor dem Brunnen begegneten. Die Lippen entschieden sich endlich für ein Lächeln, und das war ein Zeichen, das Zeichen, worauf er, ohne es zu wissen, so lange in seinem Leben gewartet hatte, welches er bei den Schafen und in den Büchern, bei dem Kristall und in der Stille der Wüste gesucht hatte.

Hierin drückte sich die Welt in ihrer reinsten Form aus, die keiner Erklärungen und Erläuterungen bedurfte, damit der Weltenlauf seinen Fortgang nahm. Alles, was der Jüngling plötzlich erkannte, war, daß vor ihm die Frau seines Lebens stand, und ohne Worte zu gebrauchen, mußte auch sie das erkannt haben. Das hielt er für sicherer als alles sonst auf der Welt, selbst wenn seine Eltern und die Eltern seiner Eltern behaupteten, man müsse seine Liebe erklären, sich verloben, sich erst richtig kennenlernen und dann genug Geld haben, um zu heiraten. Wer so denkt, hat wohl nie die universelle Sprache kennengelernt, denn wenn man in sie eintaucht, ist es ein leichtes zu verstehen, daß es auf der Welt immer einen Menschen gibt, der auf einen wartet, sei es inmitten der Wüste oder mitten in einer Großstadt. Und wenn diese Menschen einander begegnen und ihre Augen sich finden, dann verliert die ganze Vergangenheit und die ganze Zukunft an Gewicht, und es gibt nur noch diesen Augenblick und diese absolute Gewißheit, daß alle Dinge unter der Sonne von ein und derselben Hand geschrieben wurden, von der Hand, welche die Liebe erweckt und die eine Zwillingsseele für jeden Menschen vorgesehen hat, der unter der Sonne arbeitet, ausruht und Schätze sucht. Denn sonst hätten die Träume der Menschen nicht den geringsten Sinn.

›Maktub‹, dachte der Jüngling.

Der Engländer erhob sich und schüttelte den Jüngling am Arm. »Los, frag sie!«

Der Jüngling näherte sich dem Mädchen. Sie lächelte wieder. Er lächelte zurück.

»Wie heißt du?« fragte er.

»Ich heiße Fatima«, sagte sie und sah verlegen zu Boden.

»Das ist ein Name, den auch einige Frauen in dem Land, aus dem ich komme, tragen.«

»Es ist der Name der Tochter des Propheten«, sagte Fatima. »Unsere Krieger haben ihn dorthin gebracht.«

Das zarte Mädchen sprach mit Stolz von den Kriegern, doch der Engländer an seiner Seite wurde ungeduldig, und der Jüngling fragte nach dem Mann, der alle Krankheiten heilt.

»Es ist ein Mann, der die Geheimnisse der Welt kennt. Er unterhält sich mit den *Dschinn* der Wüste«, antwortete sie.

Die Dschinn waren die Dämonen. Und das zierliche Mädchen zeigte in Richtung Süden, dorthin, wo dieser seltsame Mann wohnte.

Dann füllte sie ihren Krug und ging fort. Der Engländer machte sich sogleich auf den Weg zum Alchimisten. Der Jüngling aber blieb noch lange neben dem Brunnen sitzen und erkannte, daß es der Levante-Wind gewesen war, der ihm vor einiger Zeit den Duft dieser Frau zugetragen hatte, und daß er sie schon geliebt hatte, noch bevor er von ihrer Existenz wußte, und daß er dank seiner Liebe zu ihr alle Schätze dieser Welt zu finden vermochte.

18

Am folgenden Tag ging der Jüngling wieder zum Brunnen, um auf das Mädchen zu warten. Zu seiner Überraschung traf er dort den Engländer an, der zum ersten Mal die Wüste betrachtete.

»Ich habe den ganzen Nachmittag und den ganzen Abend auf ihn gewartet«, erzählte der Engländer. »Er erschien gleichzeitig mit den ersten Sternen. Ich sagte ihm, was ich suche. Daraufhin fragte er mich, ob ich schon Blei in Gold verwandelt hätte. Ich sagte, daß es das sei, was ich von ihm erlernen wolle. Dann meinte er, ich solle es ausprobieren. Das war alles, was er mir riet: Probiere es aus.«

Der Jüngling schwieg. Der Engländer war so weit gereist, um zu hören, was er bereits wußte. Doch dann erinnerte er sich, daß er aus dem gleichen Grund dem alten König seinerzeit sechs Schafe gegeben hatte.

»Also, dann probiere es aus«, sagte er zu dem Engländer.

»Das will ich auch tun. Und zwar werde ich sofort damit beginnen.«

Kurz nachdem der Engländer gegangen war, kam Fatima, um mit ihrem Krug Wasser zu holen.

»Ich muß dir etwas Wichtiges sagen. Ich möchte, daß du meine Frau wirst. Ich liebe dich.«

Das Mädchen ließ das Wasser überlaufen.

»Ich werde täglich hier auf dich warten. Ich habe die Wüste durchquert, um einen Schatz zu suchen, der bei den Pyramiden liegt. Der Krieg war mir ein Fluch. Doch jetzt ist er mir ein Segen, weil er mich bei dir sein läßt.«

»Der Krieg wird eines Tages beendet sein«, sagte das Mädchen.

Der Jüngling sah zu den Palmen der Oase. Er war Hirte gewesen. Und hier gab es viele Schafe. Fatima war wichtiger als der Schatz.

»Die Krieger holen sich ihre Schätze«, sagte das Mädchen, als ob sie seine Gedanken erraten hätte. »Und die Frauen der Wüste sind stolz auf ihre Krieger.«

Dann füllte sie den Krug und ging fort.

Nun ging der Jüngling jeden Tag an den Brunnen, um auf Fatima zu warten. Er erzählte ihr aus seinem Hirtendasein, vom König und vom Handel mit Kristallwaren. Sie wurden gute Freunde, und mit Ausnahme der Viertelstunde, die er täglich mit ihr verbrachte, ging die Zeit unendlich langsam vorbei. Als er schon beinahe einen Monat in der Oase weilte, rief der Karawanenführer alle zu einer Versammlung zusammen.

»Wir wissen nicht, wann der Krieg aufhört und wir weiterziehen werden. Die Kämpfe können sich noch lange, vielleicht über Jahre hinziehen. Denn es gibt auf beiden Seiten starke und tapfere Krieger, und beide Heere sind voller Kampfgeist. Dies ist kein Kampf zwischen Gut und Böse. Es ist ein Krieg zwischen Kräften, die um dieselbe Macht streiten, und wenn so ein Gefecht erst einmal begonnen hat, dann dauert es gewöhnlich sehr lange, weil Allah auf beiden Seiten ist.«

Dann löste sich die Menge auf. Der Jüngling traf sich an diesem Nachmittag wieder mit Fatima und berichtete von der Versammlung.

»Am zweiten Tag nach unserer Begegnung«, sagte Fatima, »hast du mir deine Liebe gestanden. Danach hast du mir schöne Dinge beigebracht, wie beispielsweise die Sprache und die Seele der Welt. Durch all das werde ich allmählich ein Teil von dir.«

Der Jüngling lauschte ihrer Stimme und fand sie lieblicher als das Geräusch des Windes in den Dattelpalmen.

»Ich habe schon lange Jahre an diesem Brunnen auf deine Ankunft gewartet. Ich kann mich nicht mehr an meine Vergangenheit erinnern, noch an die Tradition oder daran, was die Männer erwarten, wie sich die Frauen der Wüste verhalten sollen. Seit meiner Kindheit träume ich davon, daß mir die Wüste das größte Geschenk meines Lebens bringen würde. Das Geschenk bist du.«

Der Jüngling wollte ihre Hand ergreifen. Aber Fatima hielt die Henkel des Tonkruges fest.

»Du hast mir von deinen Träumen erzählt, vom alten König und vom Schatz. Du hast mir von den Zeichen erzählt. So habe ich nichts zu befürchten, denn es waren die Zeichen, die dich hierherbrachten. Und ich bin ein Teil deines Traumes, deines persönlichen Lebenswegs, wie du es genannt hast. Darum möchte ich, daß du weiterziehst, um deinen Schatz zu finden. Wenn du das Kriegsende abwarten mußt, ist es gut. Aber wenn du schon vorher aufbrechen mußt, dann gehe, um deine Bestimmung zu erfüllen. Die Dünen verändern sich mit dem Wind, aber die Wüste bleibt dieselbe. So wird es auch mit unserer Liebe sein.«

»Maktub«, fügte sie hinzu. »Wenn ich ein Teil deiner Bestimmung bin, dann wirst du eines Tages wiederkommen.«

Der Jüngling ging traurig von diesem Treffen mit Fatima

fort. Er erinnerte sich an viele Leute, die er kannte. Die verheirateten Schäfer hatten Schwierigkeiten, ihre Frauen davon zu überzeugen, daß sie umherziehen mußten. Die Liebe erforderte, daß man in der Nähe der geliebten Person blieb. Am folgenden Tag sprach er mit Fatima darüber.

»Die Wüste nimmt unsere Männer in sich auf und bringt sie uns nicht immer zurück«, sagte sie. »Dann finden wir uns damit ab. Und sie leben weiter in den Wolken ohne Regen, in den Tieren, die sich zwischen den Steinen verstekken, und in dem Wasser, das so üppig aus den Brunnen strömt. Sie werden ein Teil des Ganzen, gehen in die Weltenseele ein. Einige kommen zurück. Das beglückt auch die übrigen Frauen, denn dann wächst die Hoffnung, daß ihre Männer auch eines Tages wiederkehren. Vorher beneidete ich diese Frauen. Aber jetzt habe ich auch jemanden, auf den ich warten kann. Ich bin eine Wüstenfrau und bin stolz darauf. Mein Mann soll sich frei bewegen wie der Wind, der die Dünen bewegt. Auch ich will meinen Mann in den Wolken, den Tieren und dem Wasser sehen können.«

Der Jüngling suchte den Engländer auf. Er wollte ihm von Fatima berichten. Er war überrascht, daß dieser einen kleinen Ofen neben seinem Zelt errichtet hatte. Es war ein seltsamer Schmelzofen, mit einem durchsichtigen Gefäß darauf. Der Engländer hielt das Feuer mit Reisig am Brennen und schaute dabei in die Wüste. Seine Augen schienen mehr zu leuchten als zu der Zeit, in der er stets in seine Bücher vertieft gewesen war.

»Dies ist der erste Arbeitsschritt«, erläuterte der Engländer. »Ich muß den unreinen Schwefel absondern. Damit das gelingt, darf ich keine Angst mehr vor dem Versagen haben. Diese Angst hat mich bisher daran gehindert, das Große Werk zu versuchen. Jetzt beginne ich erst mit dem, was ich schon vor zehn Jahren hätte machen können. Aber ich bin froh, nicht zwanzig Jahre damit gewartet zu haben.«

Er schürte das Feuer und blickte wieder in die Wüste hinaus. Der Jüngling blieb eine Weile bei ihm, bis sich die Wüste mit dem Abendhimmel rosa verfärbte. Da überkam ihn eine große Sehnsucht, in die Wüste hineinzugehen, um zu sehen, ob die Stille seine Fragen beantworten könne.

Er ging ohne Ziel, ohne jedoch die Palmen der Oase aus den Augen zu verlieren. Er lauschte dem Wind und fühlte die Steine unter seinen Füßen. Gelegentlich fand er eine Muschel und begriff, daß diese Wüste vor geraumer Zeit ein großes Meer gewesen sein mußte. Dann setzte er sich auf einen Stein und ließ sich vom Horizont, der sich vor ihm ausdehnte, in den Bann schlagen. Liebe ohne Besitzanspruch war ihm unverständlich; aber Fatima war eine Wüstenfrau, also würde es ihn nur die Wüste lehren können.

Lange Zeit saß er da, ohne an etwas zu denken, bis er spürte, daß sich etwas über seinem Kopf bewegte. Er blickte hinauf und sah zwei Sperber am Himmel schweben.

Der Jüngling sah den Vögeln zu und verfolgte die Linien, die ihr Flug in den Himmel zeichnete. Es schien wie ungeordnete Linien, und doch mußten sie einen Sinn haben. Es gelang ihm nur nicht, ihre Bedeutung zu entschlüsseln. Deshalb wollte er den Flug der Vögel beobachten, vielleicht konnte er ihm eine Botschaft entnehmen. Vielleicht konnte die Wüste ihm die Liebe ohne Besitzanspruch erklären.

Plötzlich überfiel ihn eine große Müdigkeit. Sein Herz

flehte, daß er nicht einschlafen möge: Er solle sich doch ganz hingeben. ›Nun gleite ich in die Sprache der Welt hinein, und alles auf dieser Erde ergibt einen Sinn, sogar der Flug der Sperber‹, dachte er. Und er dankte für das Glück, von der Liebe zu einer Frau erfüllt zu sein. ›Wenn man liebt, hat alles noch mehr Sinn.‹

Doch dann stieß einer der Vögel hernieder und griff den anderen an. Während dieser schnellen Bewegung hatte der Jüngling plötzlich einen Augenblick lang eine Vision: Ein Heer von Männern mit gezückten Schwertern drang in die Oase ein. Die Vision war sogleich wieder verschwunden, aber er war äußerst erschrocken. Er hatte schon von Luftspiegelungen gehört und auch einige gesehen: Es waren Wünsche, die über dem heißen Wüstensand Gestalt annahmen. Aber er wünschte doch nicht, daß ein Heer in die Oase einfiele.

Er wollte den Zwischenfall vergessen und versuchte, sich wieder auf die rosa schimmernde Wüste und die Steine zu konzentrieren. Doch irgend etwas in seinem Herzen ließ ihm keine Ruhe mehr.

»Achte stets auf die Zeichen«, hatte der alte König gesagt. Und der Jüngling dachte an Fatima. Er dachte an das Gesehene und ahnte, daß es kurz bevorstand.

Mit einiger Schwierigkeit fand er aus der Versunkenheit heraus, in die er gefallen war. Er erhob sich und machte sich auf den Weg zu den Dattelpalmen. Wieder einmal bemerkte er die vielen Ausdrucksweisen der Dinge: Diesmal schien die Wüste sicher, während sich die Oase in einen unsicheren Ort verwandelt hatte.

Der Kameltreiber saß unter einer Palme und beobachtete ebenfalls den Sonnenuntergang. Er sah den Jüngling hinter einer Düne hervortreten.

»Ein Heer ist im Anmarsch. Ich hatte eine Vision«, sagte dieser.

»Die Wüste erfüllt die Herzen der Menschen mit Visionen«, entgegnete der Kameltreiber gelassen.

Aber der Jüngling berichtete von den Vögeln: Er hatte ihren Flug verfolgt, als er plötzlich in die Weltenseele eingetaucht war.

Hierauf sagte der Kameltreiber nichts mehr; er wußte sehr wohl, wovon der Jüngling sprach. Er wußte, daß jedes Ding auf der Welt die Geschichte von allen Dingen erzählen konnte. Wenn er ein Buch zufällig aufschlug oder Leuten die Hand las oder Karten legte oder den Flug von Vögeln beobachtete oder was auch immer, konnte jeder eine Verbindung zu dem herstellen, was er gerade lebte. In Wirklichkeit waren es nicht die Dinge, die etwas zeigten; es waren die Menschen selber, die, indem sie sich auf die Dinge konzentrierten, die Möglichkeit entdeckten, in die Weltenseele einzutauchen.

In der Wüste gab es viele Männer, die sich ihren Unterhalt damit verdienten, in die Weltenseele einzudringen. Sie nannten sich Wahrsager und wurden von Frauen und den Alten gefürchtet. Nur selten suchten die Krieger sie auf, weil es unmöglich ist, in eine Schlacht zu ziehen, wenn man vorher schon weiß, daß man dabei umkommt. Die Krieger ziehen den Reiz des Gefechts und das Abenteuer des Unbekannten vor; die Zukunft steht geschrieben, von Allahs Hand, und was auch immer passieren würde, es ist zum Besten des Menschen. Also leben die Krieger nur die Gegenwart, weil diese voller Überraschungen ist und sie so vieles zu beachten haben: wo das Schwert des Feindes niedergeht und wo das Pferd ist, und wie sie parieren müssen, um dem Tod zu entkommen.

Der Kameltreiber war kein Krieger und hatte schon einige Wahrsager konsultiert. Viele hatten mit ihren Aussagen recht gehabt, andere nicht. Bis einer von ihnen, der älteste und gefürchtetste, ihn fragte, warum er so an der Zukunft interessiert sei.

»Um einiges in Angriff zu nehmen und anderes abzuwenden, von dem ich nicht will, daß es eintrifft«, antwortete der Kameltreiber.

»Dann ist es ja nicht mehr deine Zukunft«, meinte der Wahrsager.

»Vielleicht möchte ich auch die Zukunft kennen, um mich darauf vorbereiten zu können.«

»Wenn es gute Dinge sind, dann wird es eine angenehme Überraschung sein«, sagte der Wahrsager. »Und wenn es unangenehme Dinge sind, dann leidest du schon lange, bevor sie eintreffen.«

»Ich möchte die Zukunft kennen, weil ich ein Mensch bin, und wir Menschen leben nun einmal im Hinblick auf die Zukunft«, sagte der Kameltreiber zum Wahrsager.

Hierauf schwieg der Wahrsager. Er beherrschte die Kunst mit den Stäbchen, welche er auf den Boden warf, um dann zu interpretieren, wie sie lagen. Aber an jenem Tag warf er keine Stäbchen.

»Ich verdiene mein Geld mit Zukunftdeuten«, sagte er. »Ich kenne die Wissenschaft der Stäbchen und weiß, wie ich sie handhaben muß, um in den Raum einzutauchen, wo alles geschrieben steht. Dort kann ich die Vergangenheit sehen, wiederentdecken, was in Vergessenheit geriet und die Zeichen der Gegenwart deuten. Wenn die Leute mich aufsuchen, dann sehe ich nicht ihre Zukunft, sondern ich erahne sie. Denn die Zukunft gehört Gott allein, und er offenbart sie nur unter gewissen außergewöhnlichen Umständen. Und wie kann ich die Zukunft erahnen? Durch die Zeichen der Gegenwart. In der Gegenwart liegt das Geheimnis; wenn du der Gegenwart Beachtung schenkst, dann kannst du sie verbessern. Und wenn du sie verbessert hast, dann wird das Nachfolgende auch besser sein. Vergiß also die Zukunft und lebe jeden Tag deines Lebens nach den göttlichen Gesetzen und im Vertrauen, daß Gott für seine Kinder sorgt. Jeder einzelne Tag trägt die Ewigkeit in sich.«

Der Kameltreiber wollte wissen, unter welchen außergewöhnlichen Umständen Gott Einblick in die Zukunft ermöglicht.

»Wenn er selber ihn gewährt. Und dies geschieht äußerst selten, aus einem einzigen Grund: weil es sich um eine Zukunft handelt, die geschrieben steht, aber jederzeit geändert werden kann.«

Gott hatte dem Jüngling einen kurzen Einblick in die Zukunft gewährt, weil er wollte, daß dieser ihm als Werkzeug diente.

»Geh hin zu den Stammesoberhäuptern«, sagte der Kameltreiber. »Berichte von den Kriegern, die sich der Oase nähern.«

»Sie werden mich auslachen.«

»Es handelt sich um Männer der Wüste, und als solche sind sie an Zeichen gewöhnt.«

»Dann werden sie es bereits wissen.«

»Sie kümmern sich nicht darum. Sie glauben, daß Allah ihnen einen Mittler schicken wird, wenn er etwas mitzuteilen hat. Das ist schon öfter vorgekommen. Und heute bist du dieser Vermittler.«

Der Jüngling dachte an Fatima und beschloß, die Oberhäupter sogleich aufzusuchen.

19

»Ich bringe Zeichen aus der Wüste«, sagte er zu dem Wächter, der den Eingang des riesigen weißen Zeltes im Zentrum der Oase bewachte. »Ich will die Oberhäupter sprechen.«

Der Wächter antwortete nicht. Er ging hinein und blieb lange fort. Dann erschien er mit einem jungen Araber, der in weiße und goldene Gewänder gekleidet war. Der Jüngling erzählte ihm, was er gesehen hatte. Daraufhin bat ihn der junge Mann zu warten und verschwand wieder.

Inzwischen war die Nacht hereingebrochen. Zahlreiche Händler und Einheimische gingen in das Zelt hinein und verließen es wieder. Nach und nach erloschen die Lagerfeuer, und die Oase wurde so still wie die Wüste. Nur im großen Zelt brannte noch Licht. Während dieser ganzen

Zeit dachte der Jüngling an Fatima, immer noch, ohne die Unterhaltung am Nachmittag richtig verstanden zu haben.

Nach Stunden des Wartens forderte ihn der Wächter endlich auf hereinzukommen. Was er nun sah, überwältigte ihn. Nie hätte er vermutet, daß es mitten in der Wüste so ein prachtvolles Zelt gab. Der Boden war mit den feinsten Teppichen ausgelegt, die er je betreten hatte, und von der Decke hingen ziselierte Messingleuchter mit brennenden Kerzen darauf. Die Oberhäupter saßen im Halbkreis im hinteren Teil des Zeltes, Arme und Beine auf reichbestickte Seidenkissen gebettet. Dienstboten kamen und gingen mit Silbertabletts, vollbeladen mit Delikatessen und Tee. Einige kümmerten sich darum, daß die Glut in den Wasserpfeifen nicht erlosch. Ein angenehmer Räucherduft erfüllte den Raum.

Es waren acht Oberhäupter, aber der Jüngling bemerkte sogleich, wer der Wichtigste war: ein in Weiß und Gold gekleideter Araber, der in der Mitte des Halbkreises saß. An seiner Seite stand der junge Araber, mit welchem er vorher gesprochen hatte.

»Wer ist der Fremde, der von Zeichen spricht?« fragte eines der Oberhäupter und betrachtete ihn.

»Das bin ich«, antwortete der Jüngling und erzählte, was er gesehen hatte.

»Und warum sollte die Wüste dies ausgerechnet einem Fremden offenbaren, wo wir schon seit Generationen hier leben?« bemerkte ein anderes Stammesoberhaupt.

»Weil meine Augen sich noch nicht an die Wüste gewöhnt haben, so daß ich noch Dinge wahrnehme, die angepaßte Augen nicht mehr sehen können«, antwortete er.

›Und weil ich die Weltenseele kenne‹, fügte er in Gedanken hinzu. Aber er sagte nichts, weil Araber an diese Dinge nicht glauben.

»Die Oase ist ein neutraler Ort«, sagte ein Dritter. »Niemand würde sie angreifen.«

»Ich berichte lediglich, was ich sah. Wenn ihr nicht daran glauben wollt, dann braucht ihr nichts zu unternehmen.«

Einen Augenblick lang kehrte tiefe Stille ein, dann brach eine erregte Diskussion unter den Oberhäuptern aus. Sie sprachen in einem arabischen Dialekt, den der Jüngling nicht verstand, doch als er aufbrechen wollte, wurde er von einem Wächter zurückgehalten. Nun begann er sich zu fürchten; irgend etwas stimmte hier nicht. Er bedauerte schon, sich dem Kameltreiber anvertraut zu haben.

Auf einmal verzog sich der Mund des in der Mitte sitzenden Alten zu einem kaum wahrnehmbaren Lächeln, und der Jüngling beruhigte sich. Der Alte hatte sich nicht mit den anderen beratschlagt, er hatte bisher noch kein einziges Wort gesprochen. Aber der Jüngling war inzwischen mit der Sprache der Welt vertraut und merkte, wie sich, von dem Alten ausgehend, eine friedliche Atmosphäre in dem Zelt ausbreitete. Sein Gespür sagte ihm, daß es doch richtig gewesen war, herzukommen.

Die Unterhaltung verstummte, und alle lauschten eine Weile dem Alten. Dann wandte sich dieser an den Jüngling; jetzt war sein Gesicht kalt und unnahbar.

»Vor dreitausend Jahren wurde in einem fernen Land ein Mann in einen Brunnen geworfen und als Sklave verkauft, weil er an Träume glaubte«, sagte der Alte. »Unsere Händler kauften ihn und brachten ihn nach Ägypten. Und ein jeder von uns weiß, daß, wer an Träume glaubt, diese auch deuten kann.«

›Obwohl man das nicht immer schafft‹, dachte der Jüngling und erinnerte sich an die alte Zigeunerin.

»Wegen der Träume des Pharaos von mageren und fetten Kühen konnte dieser Mann Ägypten vor der Hungersnot bewahren. Sein Name war Josef. Auch er war ein Fremder in einem fremden Land, so wie du, und er muß etwa in deinem Alter gewesen sein.«

Die Stille hielt an. Die Augen des Alten blieben undurchdringlich.

»Wir befolgen immer die Tradition. Die Tradition rettete die Ägypter zu jener Zeit vor dem Hunger und machte sie zum reichsten Volk. Die Tradition lehrt uns, wie die Männer die Wüste zu durchqueren und ihre Töchter zu verheiraten haben. Die Tradition sagt auch, daß eine Oase ein neutraler Ort ist, denn zu beiden Seiten gibt es Oasen, und diese sind ungeschützt.«

Keiner sagte ein Wort, während der Alte sprach.

»Aber die Tradition lehrt uns auch, an die Botschaften der Wüste zu glauben. Alles, was wir wissen, haben wir von der Wüste gelernt.«

Auf ein Zeichen des Alten erhoben sich alle. Die Versammlung war beendet. Die Nargileh-Pfeifen wurden ausgemacht, und die Wächter bezogen Stellung. Der Jüngling wollte auch aufbrechen, aber der Alte sagte noch zu ihm: »Morgen werden wir ein Gelübde brechen, welches besagt, daß in der Oase niemand eine Waffe tragen darf. Den ganzen Tag über werden wir auf den Feind warten. Wenn die Sonne untergegangen ist, geben mir die Männer ihre Waffen zurück. Für jeden zehnten getöteten Feind erhältst du eine Goldmünze. Jedoch dürfen die Waffen nicht aus ihren Verstecken, ohne eingesetzt zu werden. Sie sind so launisch wie die Wüste, und wenn wir sie umsonst hervorholen, können sie uns das nächste Mal ihre Dienste verwehren. Wenn also morgen keine Waffe zum Einsatz kommen sollte, so wird zumindest eine für dich benutzt werden.«

20

Die Oase war nur vom Mondschein beleuchtet, als der Jüngling ins Freie trat. Er hatte bis zu seinem Zelt einen Weg von zwanzig Minuten zurückzulegen. All die Ereignisse, die sich zugetragen hatten, erschreckten ihn. Er war in die Weltenseele eingetaucht und mußte möglicherweise mit seinem Leben dafür bezahlen. Ein hoher Einsatz. Aber seit dem Tag, an dem er seine Schafe verkauft hatte, um seinem persönlichen Lebensweg zu folgen, waren seine Einsätze immer hoch gewesen. Und wie sagte doch der Kameltreiber immer: Morgen stirbt es sich so gut wie an jedem anderen Tag. Jeder Tag ist dazu da, um gelebt zu werden oder um an ihm die Welt zu verlassen. Alles hing nur von einem Wort ab: Maktub.

Er ging ruhig dahin und bereute nichts. Wenn er morgen sterben würde, dann deshalb, weil Gott keine Lust verspürte, die Zukunft abzuändern. Immerhin würde er sterben, nachdem er die Meerenge überquert hatte, in einem Kristallwarengeschäft tätig gewesen war, die Stille der Wüste und die Augen von Fatima kennengelernt hatte. Seit er vor langer Zeit von zu Hause fortgegangen war, hatte er jeden einzelnen Tag intensiv gelebt. Wenn er morgen sterben sollte, so hatten seine Augen viel mehr gesehen als die Augen anderer Hirten, und darauf war er stolz. Plötzlich vernahm er ein Grollen, und er wurde von einem Windstoß von ungeahnter Kraft zu Boden geworfen. Um ihn her war eine riesige Staubwolke, die den Mond fast verdeckte. Vor ihm bäumte sich ein riesiger Schimmel auf, der ein unheimliches Wiehern ausstieß. Der Jüngling konnte kaum etwas erkennen, aber eine Angst überwältigte ihn, wie er sie noch nie gekannt hatte. Auf dem Pferd saß ein Reiter ganz in Schwarz, mit einem Falken auf seiner linken Schulter. Er trug einen Turban und vor dem Gesicht ein Tuch, das nur die Augen frei ließ. Er glich dem Botschafter der Wüste, und seine Ausstrahlung war stärker als die aller Personen, die er bisher kennengelernt hatte.

Der geheimnisvolle Reiter zog sein gebogenes Schwert, das am Sattel befestigt war. Der Stahl leuchtete im Mondlicht auf.

»Wer wagt hier den Flug der Sperber zu deuten«, fragte er mit einer gewaltigen Stimme, die zwischen den fünfzigtausend Dattelpalmen von El-Fayum widerzuhallen schien.

»Ich wagte es«, sagte der Jüngling. Er mußte an Santiago von Compostela denken, an seinen Schimmel und die Ungläubigen unter seinen Hufen. Nur daß es jetzt die umgekehrte Situation war. »Ich wagte es«, wiederholte er und senkte den Kopf, um den Schwerthieb zu empfangen. »Viele Leben werden dank der Weltenseele gerettet werden, mit der ihr nicht gerechnet habt.«

Doch das Schwert fuhr nicht auf ihn hernieder.

Die Hand des Fremden mit dem Schwert senkte sich langsam herunter, bis die Spitze der Klinge die Stirn des Jünglings berührte. Sie war so scharf, daß ein Blutstropfen heraustrat. Der Reiter blieb unbeweglich. Der Jüngling ebenfalls. Der Gedanke an Flucht kam ihm gar nicht. In seinem Herzen regte sich eine seltsame Freude: Er würde für seine innere Bestimmung sterben. Und für Fatima. Also hatten die Zeichen nicht getrogen. Hier war nun der Feind, und er brauchte keine Angst vor dem Tod zu haben, denn es gab eine Weltenseele. Bald würde er ein Teil von ihr sein. Und morgen schon würde der Feind auch ein Teil davon sein.

Der Fremde hielt immer noch die Spitze des Schwertes auf seine Stirn.

»Wieso hast du den Flug der Vögel gedeutet?«

»Ich habe nur gelesen, was die Vögel mitteilen wollten. Sie möchten die Oase retten, und ihr werdet sterben. Die Oase hat mehr Männer, als ihr es seid.«

Die Schwertspitze berührte weiter seine Stirn.

»Wer bist du, um das von Allah bestimmte Schicksal ändern zu wollen?«

»Allah hat die Heere gemacht und auch die Vögel. Allah hat mir die Sprache der Vögel gezeigt. Alles wurde von derselben Hand geschrieben«, sagte der Jüngling, der Worte des Kameltreibers eingedenk.

Endlich zog der Reiter das Schwert von seiner Stirn zurück. Der Jüngling fühlte sich erleichtert, aber er vermochte nicht zu fliehen.

»Sei vorsichtig mit den Vorhersagen«, sagte der Fremde. »Wenn die Dinge geschrieben stehen, dann kann man sie nicht verhindern.«

»Ich sah lediglich ein Heer, aber nicht den Ausgang einer Schlacht«, entgegnete der Jüngling.

Nun schien der Reiter zufrieden mit der Antwort. Aber er hielt das Schwert noch immer in der Hand.

»Was treibt ein Fremder in einem fremden Land?«

»Ich bin auf der Suche nach meinem persönlichen Lebensweg. Doch das kannst du nicht verstehen.«

Der Reiter steckte sein Schwert wieder in die Scheide, und der Falke auf seiner Schulter stieß einen eigenartigen Schrei aus. Der Jüngling begann sich zu entspannen.

»Ich mußte nur deinen Mut prüfen«, sagte der Fremde. »Denn Mut ist die wichtigste Gabe für denjenigen, der die Sprache der Welt sucht.«

Der Jüngling war überrascht. Dieser Mann sprach von Dingen, die nur wenige kannten.

»Man darf nie nachlassen, selbst wenn man schon so weit gekommen ist«, fuhr er fort. »Man muß die Wüste lieben, darf ihr aber nie ganz vertrauen. Denn die Wüste bedeutet für jeden eine Prüfung: Sie tötet den, der sich ablenken läßt und nicht jeden Schritt überlegt.«

Seine Worte erinnerten an die Worte des alten Königs.

»Wenn die Krieger kommen und dein Kopf bei Sonnenuntergang noch auf deinen Schultern sitzt, dann besuche mich«, sagte der Fremde.

Dieselbe Hand, die das Schwert geschwungen hatte,

schwang jetzt eine Peitsche. Das weiße Pferd bäumte sich wieder auf und wirbelte eine Sandwolke auf.

»Wo wohnt Ihr?« rief der Jüngling hinter dem entschwindenden Reiter her. Die Hand mit der Peitsche zeigte gen Süden. Der Jüngling war dem Alchimisten begegnet.

21

Am nächsten Morgen gab es zweitausend bewaffnete Männer unter den Palmen von El-Fayum. Noch bevor die Sonne senkrecht stand, tauchten fünfhundert Krieger am Horizont auf. Die Reiter kamen aus nördlicher Richtung in die Oase, sie wirkten wie eine friedliche Expedition, aber unter ihren weißen Gewändern hielten sie Waffen verborgen. Als sie in die Nähe des großen Zeltes im Zentrum von El-Fayum kamen, zogen sie ihre Krummsäbel und Gewehre hervor und griffen ein leeres Zelt an.

Die Wüstenmänner umzingelten die Krieger. Innerhalb einer halben Stunde lagen vierhundertneunundneunzig Körper verstreut auf dem Wüstenboden. Die Kinder befanden sich am anderen Ende des Dattelhaines und sahen nichts. Die Frauen beteten in den Zelten für ihre Männer und konnten ebenfalls nichts sehen. Ohne die Leichen, die überall herumlagen, hätte es ein ganz gewöhnlicher Tag sein können.

Nur ein einziger Krieger blieb verschont: der Befehlshaber der Angreifer. Nachmittags wurde er den Stammesoberhäuptern vorgeführt, die ihn fragten, warum er mit der Tradition gebrochen habe. Der Befehlshaber antwortete, daß seine Männer hungrig und durstig waren und erschöpft von so vielen Kampftagen, so daß sie eine Oase einnehmen wollten, um den Kampf fortsetzen zu können.

Das führende Stammesoberhaupt erklärte, daß es ihm um die Krieger leid täte, aber daß eine Tradition niemals gebrochen werden dürfe. Das einzige, was sich in der Wüste wandle, seien die Dünen, wenn der Wind wehe.

Danach wurde der Befehlshaber zu einer ehrlosen Hinrichtung verurteilt. Nicht durch eine Gewehrkugel oder durch ein Schwert wurde er getötet, sondern an einer abgestorbenen Dattelpalme aufgeknüpft. Sein Körper schaukelte im Wüstenwind.

Das Stammesoberhaupt ließ den Jüngling rufen und überreichte ihm fünfzig Goldstücke. Der Anführer wiederholte die Geschichte von Josef in Ägypten und bat den Jüngling, zum offiziellen Berater in der Oase zu werden.

22

Als die Sonne untergegangen war und die ersten Sterne erschienen – sie leuchteten sehr schwach, weil Vollmond war –, ging der Jüngling in Richtung Süden. Dort gab es nur ein Zelt, und die vorbeikommenden Araber sagten, daß dieser Ort voller Dschinn sei. Aber der Jüngling setzte sich auf einen Stein und wartete.

Der Alchimist erschien erst, als der Mond schon hoch am Himmel stand. Er trug zwei tote Sperber über der Schulter.

»Hier bin ich«, sagte der Jüngling.

»Du solltest dich hier nicht aufhalten«, antwortete der Alchimist. »Oder hat dein persönlicher Lebensweg dich an diesen Ort geführt?«

»Es ist Krieg zwischen den Stämmen. Es ist nicht möglich, die Wüste zu durchqueren.«

Da stieg der Alchimist vom Pferd und bedeutete dem Jüngling mit einer Geste, ihm ins Zelt zu folgen. Es war ein Zelt wie jedes andere in der Oase – mit Ausnahme des großen Zentralzeltes, mit seinem Luxus wie aus dem Märchenbuch. Er hielt nach dem Schmelzofen, den Phiolen und Tiegeln Ausschau, fand jedoch nichts. Es gab nur ein paar aufgestapelte Bücher, einen Kochherd und Teppiche voll rätselhafter Zeichnungen.

»Setz dich, ich werde uns einen Tee machen«, sagte der Alchimist. »Und dann lassen wir uns die Sperber schmekken.«

Der Jüngling hatte den Verdacht, daß es sich um dieselben Vögel handelte, die er am Vortag gesehen hatte, er sagte jedoch nichts. Der Alchimist machte Feuer, und in kurzer Zeit war das ganze Zelt mit einem herrlichen Geruch nach gebratenem Fleisch erfüllt. Es war ein noch angenehmerer Duft als der der Wasserpfeifen.

»Warum wolltet Ihr mich sehen?« fragte der Jüngling.

»Wegen der Zeichen. Der Wind hat mir dein Kommen angekündigt. Und daß du Hilfe brauchen würdest.«

»Das bin nicht ich. Das ist der andere, der Engländer. Der hat Euch gesucht.«

»Der muß vorher noch andere Dinge finden, bevor er mich findet. Aber er ist bereits auf dem richtigen Weg. Er hat begonnen, die Wüste zu betrachten.«

»Und ich?«

»Wenn man etwas will, dann wirkt das ganze Universum darauf hin, daß die Person ihren Traum verwirklichen kann«, sagte der Alchimist, indem er die Worte des alten Königs wiederholte. Der Jüngling verstand. Hier war wieder ein Mann auf seinem Weg, der ihn seiner inneren Bestimmung näher bringen würde.

»Werdet Ihr mich unterrichten?«

»Nein. Denn du weißt schon alles, was du brauchst. Ich werde dich nur in Richtung deines Schatzes leiten.«

»Es ist Krieg«, wiederholte der Jüngling.

»Ich kenne die Wüste.«

»Ich habe meinen Schatz bereits gefunden. Ich besitze ein Kamel, das Geld aus dem Kristallwarengeschäft und fünfzig Goldmünzen. Damit kann ich in meinem Land ein reicher Mann sein.«

»Aber nichts davon liegt bei den Pyramiden«, erwiderte der Alchimist.

»Ich habe Fatima. Das ist mein größter Schatz.«

»Auch sie ist nicht bei den Pyramiden.«

Schweigend verspeisten sie die Vögel. Der Alchimist öffnete eine Flasche und goß eine rote Flüssigkeit in das Glas des Jünglings. Es war Wein, einer der besten, die er je getrunken hatte. Aber Wein war doch gesetzlich verboten!

»Das Schlechte ist nicht, was in den Mund hineinkommt«, sagte der Alchimist, »sondern was herauskommt.«

Der Jüngling wurde beschwingt durch den Wein. Aber

der Alchimist machte ihm angst. Sie setzten sich vor das Zelt und sahen den Schein des Mondes, neben dem die Sterne verblaßten.

»Trink nur«, sagte der Alchimist und merkte, daß der Jüngling zusehends lustiger wurde. »Ruh dich ein wenig aus, wie sich ein Krieger immer vor dem Kampf ausruht. Aber vergiß nicht, daß dein Herz dort ist, wo auch dein Schatz liegt. Und daß dein Schatz entdeckt werden muß, damit all das, was du auf dem Weg entdeckt hast, einen Sinn ergibt. Morgen verkaufe dein Kamel und kaufe dir ein Pferd. Die Kamele sind verräterisch: Sie gehen Tausende von Schritten, ohne ein Zeichen der Erschöpfung. Aber plötzlich knien sie sich nieder und sterben. Pferde ermüden nach und nach. Und du weißt immer, wieviel du ihnen abverlangen kannst oder wann sie sterben werden.«

23

Am folgenden Abend erschien der Jüngling mit einem Pferd beim Zelt des Alchimisten. Er wartete ein bißchen, bis dieser mit seinem Falken auf der linken Schulter angeritten kam.

»Nun zeig mir das Leben in der Wüste«, sagte der Alchimist. »Denn nur wer Leben findet, kann auch Schätze finden.«

Sie ritten durch die Dünen, die vom Vollmond beleuchtet waren. ›Ich weiß nicht, ob ich Leben finden werde, schließlich kenne ich die Wüste noch nicht‹, dachte der Jüngling. Er wollte sich umdrehen, um es dem Alchimisten zu sagen, aber er fürchtete sich vor ihm. Endlich kamen sie an den Ort mit den Steinen, wo der Jüngling die Sperber gesehen hatte; doch alles, was er dort bemerkte, waren die Stille und der Wind.

»Ich kann kein Leben in der Wüste entdecken«, sagte der Jüngling, »zwar weiß ich, daß es das gibt, aber ich kann es nicht ausfindig machen.«

»Leben zieht Leben an«, bemerkte der Alchimist.

Und der Jüngling verstand. Sogleich ließ er die Zügel seines Pferdes locker, und es bewegte sich frei durch die Steine und den Sand. Der Alchimist folgte ihnen, ohne etwas zu sagen, und das Pferd des Jünglings lief beinahe eine halbe Stunde umher. Die Palmen der Oase konnten sie schon nicht mehr sehen, nur den riesigen Mond am Himmel und die Felsen, die silbern leuchteten. Plötzlich, an einem Ort, wo er noch nie gewesen war, merkte der Jüngling, daß sein Pferd stehengeblieben war.

»Hier gibt es Leben«, antwortete der Jüngling dem Alchimisten. »Ich kenne zwar die Sprache der Wüste nicht, aber mein Pferd kennt die Sprache des Lebens.«

Sie stiegen ab. Der Alchimist sagte nichts. Er beobachtete die Steine, während er langsam vorwärts ging. Mit einem Mal blieb er stehen und bückte sich vorsichtig. Im Boden zwischen den Steinen war ein Loch; der Alchimist steckte seine Hand hinein, dann den ganzen Arm bis zur Schulter. Irgend etwas dort drinnen bewegte sich, und die Augen des Alchimisten – er konnte nur diese erkennen – verengten sich vor Anstrengung und Spannung. Der Alchimist schien zu kämpfen mit dem, was im Loch versteckt war. Aber mit einem Ruck, der den Jüngling erschreckte, zog er den Arm heraus und erhob sich sogleich. Seine Hand hielt eine Schlange am Schwanzende fest.

Der Jüngling machte einen Satz nach hinten. Die Schlange wand sich ohne Unterlaß und zischte und gab Geräusche von sich, die die Stille der Wüste verletzten. Es war eine Kobra, deren Gift einen Mann in wenigen Minuten zu töten vermochte.

›Vorsicht vor dem Gift‹, dachte der Jüngling. Aber der Alchimist hatte seine Hand in das Loch gesteckt – wahrscheinlich war er schon gebissen worden. Sein Gesicht jedoch war noch ganz ruhig.

»Der Alchimist ist zweihundert Jahre alt«, hatte der Engländer behauptet. Er sollte also wissen, wie man mit Schlangen in der Wüste umgeht.

Der Jüngling beobachtete, wie sein Gefährte zum Pferd ging und sein Schwert in Form eines Halbmondes herauszog. Mit diesem zeichnete er einen Kreis auf den Wüstenboden und legte die Schlange in die Mitte. Sogleich beruhigte sich das Tier.

»Du brauchst dich nicht zu fürchten, sie wird den Kreis nicht verlassen. Und du hast das Leben in der Wüste entdeckt, das Zeichen, welches ich gebraucht habe.«

»Warum war das so wichtig?«

»Weil die Pyramiden von Wüste umgeben sind.«

Der Jüngling wollte nichts von Pyramiden hören. Seit der letzten Nacht war ihm das Herz schwer, und er war traurig. Denn seinen Schatz zu suchen bedeutete, Fatima verlassen zu müssen.

»Ich werde dich durch die Wüste begleiten«, sagte der Alchimist.

»Aber ich möchte in der Oase bleiben«, entgegnete der Jüngling. »Ich habe Fatima gefunden, und sie bedeutet mir mehr als der Schatz.«

»Fatima ist eine Wüstenfrau«, sagte der Alchimist. »Sie weiß, daß die Männer abreisen müssen, um heimkehren zu können. Sie hat ihren Schatz bereits gefunden: dich. Jetzt erwartet sie, daß auch du findest, was du suchst.«

»Und wenn ich mich entschließe zu bleiben?«

»Dann wirst du Mitglied des Wüstenrats. Du besitzt genug Gold, um viele Schafe und viele Kamele zu kaufen. Du wirst Fatima heiraten, und ihr werdet das erste Jahr sehr glücklich sein. Du wirst die Wüste lieben lernen und wirst jede einzelne der fünfzigtausend Dattelpalmen kennen. Du wirst beobachten, wie sie wachsen, womit sie eine Welt offenbaren, die sich in ständigem Wandel befindet. Und du wirst die Sprache der Zeichen immer besser verstehen lernen, denn die Wüste ist ein besserer Lehrmeister als jeder andere.

Im zweiten Jahr erinnerst du dich dann, daß es einen Schatz gibt. Die Zeichen werden unablässig davon sprechen, und du wirst versuchen, ihnen keine Beachtung zu schenken. Du wirst dein Wissen nur in den Dienst der Oase und ihrer Bewohner stellen. Die Stammesoberhäupter werden es dir danken. Deine Kamele werden dir Reichtum und Macht einbringen. Im dritten Jahr werden dich die Zeichen weiterhin an deinen Schatz und deinen persönlichen Lebensweg erinnern. Du wirst nächtelang durch die Wüste streifen, und Fatima wird traurig sein, weil sie verursacht hat, daß dein Weg unterbrochen wurde. Aber du schenkst ihr Liebe, und sie erwidert deine Liebe. Du erinnerst dich, daß sie dich niemals gebeten hat zu bleiben, denn eine Wüstenfrau weiß auf ihren Mann zu warten. Darum wirst du sie auch nicht verantwortlich machen. Aber du wirst viele Nächte durch den Sand der Wüste zwischen den Dattelpalmen wandeln und denken, daß du seinerzeit doch besser vorwärts gegangen wärst und deiner Liebe zu Fatima mehr vertraut hättest. Denn was dich in der Oase gehalten hat, war deine eigene Befürchtung, niemals zurückzukehren. Doch dann werden dir die Zeichen bedeuten, daß dein Schatz für immer begraben ist.

Im vierten Jahr verlassen dich die Zeichen ganz, weil du ihnen keine Beachtung geschenkt hast. Die Stammesführer werden dies bemerken, und du wirst aus dem Rat entlassen. Bis dahin wirst du ein reicher Händler sein, mit vielen Kamelen und vielen Waren. Aber du wirst den Rest deiner Tage zwischen der Wüste und den Dattelpalmen umherstreifen, wohl wissend, daß du deinem persönlichen Lebensweg nicht gefolgt bist und daß es nun zu spät dafür ist.

Ohne jemals verstanden zu haben, daß die Liebe niemals jemanden hindert, seine innere Bestimmung zu erfüllen. Wenn das nämlich passiert, dann war es nicht die wahre Liebe, die, welche die Sprache der Welt spricht.«

Der Alchimist löste den Bannkreis auf dem Boden wieder auf, und die Schlange verschwand eilig zwischen den Steinen. Der Jüngling dachte an den Kristallglashändler, der immer nach Mekka gehen wollte, und an den Engländer, der einen Alchimisten suchte. Er dachte auch an eine Frau, die der Wüste vertraute, und diese brachte ihr eines Tages denjenigen, der sie zu lieben bereit war.

Sie stiegen wieder auf ihre Pferde, und diesmal ritt der Jüngling hinter dem Alchimisten her. Der Wind trug die Geräusche der Oase zu ihnen herüber, und er versuchte, die Stimme Fatimas herauszuhören. An diesem Tag war er nicht zum Brunnen gegangen, wegen der Schlacht.

Doch am Abend, während sie jene Schlange in jenem Kreis beobachteten, hatte der seltsame Reiter mit dem Falken auf der Schulter von Liebe und Schätzen gesprochen, von den Wüstenfrauen und von seinem Lebensweg.

»Ich werde mit Euch gehen«, sagte der Jüngling. Und alsbald kehrte Friede in seinem Herzen ein.

»Wir reisen morgen vor Sonnenaufgang ab«, war die Antwort des Alchimisten.

24

Der Jüngling konnte die ganze Nacht nicht schlafen. Zwei Stunden vor Sonnenaufgang weckte er einen der Burschen, die mit ihm im Zelt schliefen, und bat ihn, daß er ihm zeige, wo Fatima wohne. Sie gingen gemeinsam dorthin. Zur Belohnung gab ihm der Jüngling Geld für ein Schaf.

Dann bat er ihn, Fatimas Schlafstätte aufzusuchen, sie zu wecken und ihr zu sagen, daß er draußen warte. Der junge Araber tat, wie ihm geheißen, und erhielt zur Belohnung Geld für ein weiteres Schaf.

»Jetzt geh und laß uns allein«, sagte der Jüngling nun zu dem jungen Araber, der in sein Zelt zurückkehrte, um weiterzuschlafen. Jener war stolz darauf, dem Berater der Oase behilflich gewesen zu sein, und glücklich, nun Geld zu besitzen, um Schafe kaufen zu können.

Fatima erschien vor dem Zelt, und sie gingen zwischen den Dattelpalmen einher. Der Jüngling wußte zwar, daß dies gegen die Sitten verstieß, doch das war jetzt einerlei.

»Ich gehe«, sagte er. »Und ich möchte, daß du weißt, daß ich zurückkommen werde. Ich liebe dich, denn...«

»Sag nichts mehr«, unterbrach ihn Fatima. »Man liebt, weil man liebt. Dafür gibt es keinen Grund.«

Aber der Jüngling fuhr fort: »Ich liebe dich, weil ich einen Traum hatte, einen König traf, Kristallwaren verkaufte, die Wüste durchquerte, Stämme sich zu bekriegen begannen und ich an einem Brunnen war, um nach einem Alchimisten zu fragen. Ich liebe dich, weil das ganze Universum dazu beigetragen hat, daß ich zu dir gelangte.«

Sie umarmten sich. Es war das erste Mal, daß ihre Körper sich berührten.

»Ich komme ganz gewiß zurück«, wiederholte er.

»Früher habe ich die Wüste mit Sehnsucht betrachtet. Jetzt werde ich es voller Hoffnung tun. Mein Vater reiste auch eines Tages ab, doch er kehrte zu meiner Mutter zurück, so wie er jetzt immer heimkehrt.«

Und sie sagten nichts mehr. Sie gingen eine Weile zwischen den Palmen umher, dann brachte der Jüngling sie wieder an den Eingang ihres Zeltes.

»Ich komme wieder, genauso wie dein Vater immer zu deiner Mutter zurückkommt«, sagte er.

Nun bemerkte er, daß Fatimas Augen voll Tränen standen.

»Du weinst ja.«

»Ich bin eine Wüstenfrau«, erwiderte sie, indem sie ihr Gesicht zu verbergen suchte. »Aber an erster Stelle bin ich eine Frau.«

Fatima verschwand im Zelt. Die Sonne würde bald aufgehen. Wenn der Tag anbrach, würde sie das gleiche verrichten, was sie während vieler Jahre gemacht hatte; aber dennoch war alles anders geworden. Der Jüngling weilte nicht mehr in der Oase, und diese würde nicht mehr die gleiche Bedeutung haben wie noch vor kurzem. Sie würde nicht mehr der Ort sein mit fünfzigtausend Dattelpalmen und dreihundert Brunnen, bei dem die Pilger glücklich anlangten am Ende einer langen Reise. Die Oase würde von nun an ein leerer Ort für sie sein.

Von nun an würde die Wüste wichtiger sein als die Oase. Sie würde sie immer betrachten und zu erraten versuchen, welchem Stern der Jüngling auf der Suche nach seinem Schatz gefolgt sei. Sie würde ihre Küsse dem Wind mitgeben in der Hoffnung, daß diese das Gesicht des Jünglings streiften und ihm erzählten, daß sie lebte und auf ihn wartete, wie eine Frau, die einen mutigen Mann erwartet, der seinen Träumen und Schätzen nachgeht. Von diesem Tag an würde die Wüste nur eines sein: die Hoffnung auf seine Wiederkehr!

25

»Denke nicht an das, was wir zurücklassen«, sagte der Alchimist, als sie durch den Wüstensand ritten. »Alles hinterläßt unauslöschliche Spuren in der Weltenseele.«

»Die Menschen träumen mehr von der Rückkehr als von der Abreise«, meinte der Jüngling, der sich schon wieder an die Stille der Wüste gewöhnte.

»Wenn das, was du gefunden hast, rein ist, dann wird es nie vergehen. Und du kannst eines Tages zurückkehren. Wenn es jedoch nur ein Lichtmoment war, wie die Explosion eines Sternes, dann findest du beim Wiederkommen nichts mehr vor. Aber du hast eine Lichtexplosion erlebt, und das allein hat sich bereits gelohnt.«

Der Mann sprach die Alchimistensprache, aber der Jüngling wußte sehr wohl, daß er sich auf Fatima bezog.

Es war schwer, nicht an das zu denken, was sie zurückließen. Die Wüste mit ihrer immer gleichen Landschaft füllte sich mit Träumen. Der Jüngling sah noch die Dattelpalmen, die Brunnen und das Gesicht der geliebten Frau vor sich. Er sah den Engländer mit seinem Laboratorium und den Kameltreiber, der ein Meister ist und es nicht weiß.

›Vielleicht hat der Alchimist selber noch nie geliebt‹, dachte er bei sich.

Der Alchimist ritt voraus, mit dem Falken auf der Schulter. Der Falke kannte die Sprache der Wüste gut, und immer, wenn sie anhielten, flog er davon, um Nahrung zu holen. Am ersten Tag brachte er einen Hasen. Am zweiten Tag brachte er zwei Vögel.

Nachts breiteten sie ihre Decken aus, machten aber kein Lagerfeuer. Die Nächte in der Wüste waren kalt und wurden immer finsterer, während der Mond am Himmel abnahm. Eine Woche lang ritten sie schweigend und verständigten sich nur über die Vorsichtsmaßnahmen, die sie treffen mußten, um den Kämpfen der Stämme auszuweichen. Der Krieg dauerte an, und der Wind wehte gelegentlich den süßlichen Geruch von Blut herüber. Es mußte in der Nähe eine Schlacht stattgefunden haben, und der Wind erinnerte den Jüngling an die Sprache der Zeichen, die ihm stets zeigen konnten, was seine Augen nicht zu sehen vermochten. Am siebten Reisetag entschloß sich der Alchimist, früher als üblich zu rasten. Er nahm die Feldflasche und bot dem Jüngling Wasser an, und der Falke flog auf Beutefang.

»Nun bist du beinahe schon am Ziel deiner Reise«, sagte der Alchimist. »Meinen Glückwunsch, daß du deinem persönlichen Lebensweg gefolgt bist.«

»Und Ihr führt mich, ohne etwas zu sagen. Ich hatte gehofft, Ihr würdet mich lehren, was Ihr wißt. Vor einiger Zeit war ich mit einem Mann in der Wüste, der Bücher über Alchimie besaß. Aber die Bücher haben mich nichts gelehrt.«

»Es gibt nur eine Möglichkeit zu lernen«, entgegnete der Alchimist. »Und das ist durch Handeln. Alles, was du wissen mußt, hat dich die Reise gelehrt. Jedoch eines fehlt noch.«

Der Jüngling wollte wissen, was es war, aber der Alchimist schaute wie gebannt auf den Horizont und erwartete die Rückkehr des Falken.

»Warum nennt man Euch Alchimist?«

»Weil ich einer bin.«

»Und was stimmte bei den anderen Alchimisten nicht, die Metall in Gold verwandeln wollten und es nicht schafften?«

»Sie suchten nur nach Gold«, antwortete der Gefährte. »Sie suchten den Schatz am Ende ihres persönlichen Lebensplanes, ohne jedoch den eigentlichen Lebensplan leben zu wollen.«

»Was fehlt mir noch an Wissen?« beharrte der Jüngling. Aber der Alchimist blickte noch immer zum Horizont hinüber. Nach einiger Zeit kehrte der Falke mit einer Beute zurück. Sie gruben ein Loch und machten das Feuer darin, damit man das Licht der Flammen aus der Ferne nicht sehen konnte.

»Ich bin ein Alchimist, weil ich einer bin«, sagte er, während er die Mahlzeit zubereitete. »Ich erlernte diese Wissenschaft von meinen Vorvätern, die sie wiederum von ihren Vorvätern lernten, und so weiter, seit der Erschaffung der Welt. Zu jener Zeit konnte die ganze Weisheit des Großen Werkes noch auf einem einfachen Smaragd geschrieben stehen. Aber die Menschen schenkten den einfachen Dingen keine Beachtung und fingen an, Abhandlungen, Erläuterungen und philosophische Studien zu verfassen. Sie fingen auch an zu behaupten, daß sie den Weg besser kannten als die anderen. Aber die Smaragdtafel ist bis heute wirksam geblieben.«

»Was stand denn darauf?« wollte der Jüngling wissen.

Der Alchimist begann in den Sand zu malen und brauchte nicht länger als fünf Minuten dazu. Während er malte, dachte der Jüngling an den alten König und den Marktplatz, wo sie sich eines Tages begegnet waren; es erschien ihm, als lägen unendlich viele Jahre dazwischen.

»Das stand auf der smaragdenen Tafel«, sagte der Alchimist, als er fertig war.

Der Jüngling näherte sich, um die Worte zu lesen, die im Sand aufgezeichnet waren.

»Das ist ja eine Geheimsprache«, stellte er enttäuscht fest. »Es ähnelt den Büchern des Engländers.«

»Nein«, entgegnete der Alchimist. »Es ist wie der Flug der Sperber; es soll nicht nur vom Verstand erfaßt werden. Die Smaragdtafel stellt einen direkten Zugang zur Weltenseele dar. Die Weisen hatten erkannt, daß diese Welt lediglich ein Abbild des Paradieses ist. Die bloße Existenz dieser Welt ist die Garantie dafür, daß es eine vollkommenere Welt gibt. Gott erschuf diese Welt, damit der Mensch durch das Stoffliche seine geistigen Gesetze erkennen lernt. Das ist es, was ich unter Handeln verstehe.«

»Muß ich überhaupt die Smaragdtafel verstehen?« fragte der Jüngling.

»Vielleicht, wenn du in einem Alchimie-Labor tätig wärst, dann wäre nun der Moment gekommen, um die beste Möglichkeit ausfindig zu machen, die Smaragdtafel zu entziffern. Aber du befindest dich in der Wüste. Diese dient ebensogut dazu, die Welt zu verstehen, wie jedes andere Mittel auf dieser Erde. Du brauchst die Wüste nicht einmal ganz zu verstehen: Es genügt, wenn du dich in die Betrachtung eines einzigen Sandkorns versenkst, und du wirst darin alle Herrlichkeiten der Schöpfung wiederfinden.«

»Was kann ich tun, um in die Wüste einzutauchen?«

»Höre auf die Stimme deines Herzens. Es kennt alle Dinge, denn es kommt aus der Weltenseele und wird eines Tages dorthin zurückkehren.«

26

Sie ritten noch zwei weitere Tage, ohne sich zu unterhalten. Der Alchimist wurde noch vorsichtiger, weil sie sich der Gegend mit den heftigsten Kämpfen näherten. Und der Jüngling versuchte, die Stimme seines Herzens wahrzunehmen.

Es war ein schwieriges Herz: Vorher war es daran gewöhnt, immer abzureisen, und nun wollte es unbedingt ankommen. Manchmal erzählte ihm sein Herz stundenlang Sehnsuchtsgeschichten, ein andermal war es vom Sonnenaufgang in der Wüste derart bewegt, daß der Jüngling heimlich weinen mußte. Das Herz schlug schneller, wenn es ihm von dem Schatz erzählte, und langsamer, wenn sich der Blick des Jünglings am unendlichen Horizont verlor. Aber es schwieg nie, selbst wenn der Jüngling kein einziges Wort mit dem Alchimisten wechselte.

»Warum müssen wir auf die Stimme des Herzens hören?« fragte der Jüngling, als sie am Abend Rast machten.

»Weil dort, wo es weilt, auch dein Schatz liegen wird.«

»Mein Herz ist aufgeregt«, sagte der Jüngling. »Es hat Träume, erregt sich ständig und ist in eine Wüstenfrau verliebt. Es bittet mich um allerlei und läßt mich viele Nächte nicht schlafen, wenn ich an Fatima denke.«

»Das ist gut so. Dann lebt dein Herz. Höre, was es dir zu sagen hat.«

An den drei darauffolgenden Tagen kamen die beiden an einigen Kriegern vorbei, und sie sahen andere Krieger in der Ferne. Das Herz des Jünglings begann über die Angst zu sprechen. Es erzählte Geschichten, die es von der Weltenseele gehört hatte, Geschichten von Männern, die auf der Suche nach ihrem Schatz waren und ihn nie fanden. Manchmal erschreckte es den Jüngling mit dem Gedanken, daß er seinen Schatz nicht erreichen würde oder daß er in der Wüste sterben könnte. Ein andermal redete es dem Jüngling ein, daß es bereits zufrieden sei, weil es die Liebe und viele Goldmünzen gefunden habe.

»Mein Herz ist trügerisch«, sagte er zum Alchimisten, als sie anhielten, um den Pferden eine Pause zu gönnen. »Es will nicht, daß ich weitergehe.«

»Das ist in Ordnung«, entgegnete der Alchimist. »Es beweist, daß dein Herz lebendig ist. Es ist ganz natürlich, Angst davor zu haben, alles, was man bereits erreicht hat, für einen Traum einzutauschen.«

»Warum soll ich dann auf mein Herz hören?«

»Weil du es niemals zum Schweigen bringen kannst. Und selbst wenn du so tust, als ob du es nicht hörst, so wird es doch immer wiederholen, was es vom Leben und von der Welt hält.«

»Selbst wenn es trügerisch ist?«

»Wenn es dich zu täuschen vermag, so ist es wie ein Hieb, auf den du nicht gefaßt bist. Wenn du dein Herz gut kennst, dann wird nichts unerwartet kommen. Denn du wirst deine Träume und deine Wünsche kennen und mit ihnen umgehen können. Niemand kann vor der Stimme seines Herzens fliehen. Deshalb ist es besser, darauf zu hören. Damit niemals ein Hieb kommt, auf den du nicht gefaßt bist.«

Der Jüngling lauschte weiter der Stimme seines Herzens, während sie durch die Wüste zogen. Er lernte dessen List und Tücke kennen und nahm es so an, wie es war. Dann verlor er plötzlich die Angst und wollte auch nicht wieder umkehren, denn sein Herz sagte ihm eines Nachmittags, daß es zufrieden sei. »Selbst wenn ich manchmal ein bißchen klage«, sagte die Stimme des Herzens, »schließlich bin ich ein Menschenherz, und diese sind nun mal so. Sie haben Angst davor, sich ihre größten Wunschträume zu erfüllen, weil sie denken, daß sie es nicht verdient haben oder es nicht erreichen werden. Wir Herzen sterben vor Angst bei dem bloßen Gedanken, daß unsere Lieben uns für immer verlassen, daß Momente, die gut hätten sein können, es nicht waren, daß Schätze, die entdeckt werden könnten, für immer im Sand versteckt bleiben. Denn wenn das passiert, dann leiden wir sehr.«

»Mein Herz fürchtet sich vor dem Leiden«, sagte der Jüngling zu dem Alchimisten, eines Nachts, als sie den mondlosen Himmel betrachteten.

»Dann sag ihm, daß die Angst vorm Leiden schlimmer ist als das eigentliche Leid. Und daß noch kein Herz gelitten hat, als es sich aufmachte, seine Träume zu erfüllen, denn jeder Augenblick des Suchens ist ein Augenblick der Begegnung mit Gott und mit der Ewigkeit.«

»Jeder Moment des Suchens ist ein Moment der Begegnung«, sagte der Jüngling seinem Herzen. »Während ich meinen Schatz suchte, waren alle Tage erfreulich, denn ich wußte, daß mich jede Stunde meinem Traum näher brachte. Während ich meinen Schatz suchte, entdeckte ich Dinge auf meinem Weg, von denen ich nie geträumt hätte, wenn ich nicht den Mut gehabt hätte, Dinge zu versuchen, die Hirten sonst versagt bleiben.«

Daraufhin beruhigte sich sein Herz. Nachts konnte der Jüngling wieder ruhig schlafen, und als er erwachte, erzählte ihm sein Herz von der Weltenseele. Es sagte, daß jeder glückliche Mensch Gott in sich trage. Und daß das Glück in einem einfachen Sandkorn der Wüste zu finden sei, genau wie es der Alchimist gesagt hatte. Denn ein Sandkorn ist ein Augenblick der Schöpfung, und das Universum hat Millionen von Jahren dazu benötigt, es hervorzubringen.

»Jeder Mensch auf Erden hat einen Schatz, der ihn erwartet«, sagte sein Herz. »Wir Herzen sprechen jedoch wenig von diesen Schätzen, weil die Menschen sie schon gar nicht mehr entdecken wollen. Nur den Kindern erzählen wir davon. Dann überlassen wir es dem Leben, jeden seinem Schicksal entgegenzuführen. Aber leider folgen nur sehr wenige dem Weg, der für sie vorgesehen ist und der der Weg zu ihrer inneren Bestimmung ist und zum Glück. Sie empfinden die Welt als etwas Bedrohliches – und darum wird sie auch zu etwas Bedrohlichem. Dann sprechen wir Herzen immer leiser, aber ganz schweigen tun wir nie. Und wir hoffen, daß unsere Stimme überhört wird: Wir wollen nämlich nicht, daß die Menschen leiden, weil sie nicht ihren Herzen gefolgt sind.«

»Warum drängt die Stimme des Herzens nicht darauf, daß der Mensch seinen Träumen folgen soll?« fragte der Jüngling.

»Weil dann das Herz am meisten leidet. Und die Herzen scheuen das Leid«, erläuterte der Alchimist.

Seit jenem Tag verstand der Jüngling sein Herz. Er bat, daß, wenn er sich von seinen Träumen einmal entfernen sollte, es sich in seiner Brust zusammenziehen solle, um ihn zu warnen. Der Jüngling versprach auch, daß er diese Warnung immer beachten wolle.

Über all dies sprach er an jenem Abend mit dem Alchimisten, und dieser verstand, daß sich das Herz des Jünglings nun der Weltenseele zugewandt hatte.

»Was soll ich jetzt tun?« fragte der Jüngling.

»Gehe in Richtung der Pyramiden. Und achte weiterhin auf die Zeichen. Dein Herz ist schon dafür bereit, dir den Schatz zu zeigen.«

»War es das, was mir noch fehlte?«

»Nein«, erwiderte der Alchimist. »Was du noch wissen mußt, ist folgendes: Immer, bevor ein Traum in Erfüllung geht, prüft die Weltenseele all das, was auf dem Weg gelernt wurde. Sie macht das nicht etwa aus Bosheit, sondern damit wir uns mit unserem Traum zugleich auch die Lektionen zu eigen machen, die wir auf dem Weg dorthin gelernt haben. Das ist der Moment, in dem die meisten aufgeben. In der Sprache der Wüste nennen wir das verdursten, wenn schon die Palmen am Horizont sichtbar werden. Eine Suche beginnt immer mit dem Anfängerglück. Und sie endet immer mit der Prüfung des Eroberers.«

Der Jüngling erinnerte sich an ein Sprichwort aus seiner Heimat, das besagt, daß die dunkelste Stunde die vor Sonnenaufgang ist.

27

Am nächsten Tag tauchte das erste wirkliche Gefahrenzeichen auf. Drei Krieger näherten sich und fragten, was sie hier zu suchen hätten.

»Ich bin mit meinem Falken auf der Jagd«, antwortete der Alchimist.

»Wir müssen euch durchsuchen, um festzustellen, ob ihr bewaffnet seid.«

Der Alchimist stieg langsam von seinem Pferd. Der Jüngling tat es ihm nach.

»Wozu soviel Geld?« fragte ein Krieger, als er die Tasche des Jünglings durchsuchte.

»Um nach Ägypten zu kommen«, antwortete er.

Der Wächter, der den Alchimisten durchsuchte, fand ein kleines Kristallgefäß mit einer Flüssigkeit und ein gelbliches Glasei, etwas größer als ein Hühnerei.

»Was sind das für Dinge?« wollte er wissen.

»Der Stein der Weisen und das Lebenselixier. Das Große Werk der Alchimisten. Wer von diesem Elixier einnimmt, wird niemals krank, und ein Splitter dieses Steines kann jedes Metall in Gold verwandeln.«

Die Wächter lachten aus voller Kehle, und der Alchimist lachte mit. Sie fanden die Antwort äußerst witzig und ließen sie unbehelligt weiterziehen, mit all ihren Habselig-keiten.

»Seid Ihr wahnsinnig?« fragte der Jüngling den Alchimi-sten, als sie sich schon ein Stück entfernt hatten. »Warum habt Ihr das gesagt?«

»Um dir eine einfache Regel über den Weltenlauf zu zeigen«, antwortete der Alchimist. »Wenn wir die wirklich großen Schätze vor uns haben, erkennen wir es nie. Und weißt du auch, warum? Weil die Menschen nicht an Schätze glauben.«

Sie zogen weiter durch die Wüste. Mit jedem Tag, der verstrich, wurde das Herz des Jünglings ruhiger. Es wollte nichts mehr von den vergangenen Dingen wissen, und auch nichts von den zukünftigen; es begnügte sich damit, sich in die Betrachtung der Wüste zu versenken und sich gemein-sam mit dem Jüngling an der Weltenseele zu laben. Er und sein Herz wurden gute Freunde – einer wurde unfähig, den anderen zu betrügen.

Wenn sein Herz zu ihm sprach, so um ihn anzuregen und ihm Kraft zu geben, denn das Schweigen während des Tags lastete bisweilen schwer auf dem Jüngling. Sein Herz verge-genwärtigte ihm nun, wozu er befähigt war, sprach von dem Mut, den er bewiesen hatte, als er seine Schafe verließ und seinem persönlichen Lebensweg folgte, und von der Begei-sterung, mit der er im Kristallwarengeschäft erfüllt war.

Es erzählte ihm aber auch von etwas, worauf der Jüng-ling nie einen Gedanken verschwendet hatte: von den Ge-fahren, denen er nur knapp entkommen war und von denen er gar nicht gewußt hatte. Einmal hatte es die Pistole ver-schwinden lassen, die der Jüngling dem Vater entwendet hatte und mit der er sich zu verletzen drohte. Und dann war da jener Tag mitten auf dem Land, an dem es dem Jüngling so schlecht war, daß er sich übergab, worauf er in tiefen Schlaf versunken war: Unweit von jener Stelle hatten ihm zwei Wegelagerer aufgelauert, um seine Schafe zu stehlen und ihn zu töten. Doch da der Jüngling nicht erschien, machten sie sich schließlich aus dem Staub, da sie dachten, er habe einen anderen Weg eingeschlagen.

»Stehen die Herzen den Menschen immer bei?« fragte er den Alchimisten.

»Nur denjenigen, die ihren persönlichen Lebensweg verwirklichen. Und sie stehen auch oft Kindern, Betrunkenen und Alten zur Seite.«

»Das heißt, daß es gar keine Gefahr gibt?«

»Es heißt nur, daß die Herzen tun, was sie können«, antwortete der Alchimist.

Eines Nachmittags kamen sie am Lager von einem der sich bekriegenden Stämme vorbei. Sie sahen bewaffnete Araber mit prächtigen weißen Gewändern. Die Männer rauchten die Nargileh und unterhielten sich über die Kämpfe. Niemand schenkte den beiden Reisenden Beachtung.

»Es droht keinerlei Gefahr«, bemerkte der Jüngling, als sie sich schon etwas vom Lager entfernt hatten.

Der Alchimist wurde wütend. »Vertraue auf die Stimme deines Herzens, aber vergiß nicht, daß du dich in der Wüste befindest. Wenn die Menschen Krieg führen, dann bekommt auch die Weltenseele die Kampfrufe zu spüren. Niemand bleibt verschont von all dem, was unter der Sonne geschieht.«

›Alles ist ein Ganzes‹, dachte der Jüngling.

Und als wollte die Wüste beweisen, daß der alte Alchimist recht hatte, kamen ihnen zwei Reiter nach.

»Ihr könnt nicht weiterreisen«, sagte einer von ihnen. »Ihr befindet euch mitten im Kampfgebiet.«

»Ich gehe nicht weit«, entgegnete der Alchimist und fixierte die Augen der Krieger. Sie blieben einige Minuten stumm und willigten schließlich in die Weiterreise der beiden ein. Der Jüngling hatte dem fasziniert zugesehen.

»Ihr habt die Krieger mit dem Blick bezwungen«, bemerkte er überwältigt.

»Die Augen zeigen die Kraft der Seele an«, entgegnete der Alchimist.

›Das stimmt‹, dachte der Jüngling. Er hatte nämlich bemerkt, daß im Lager, inmitten der Menge von Soldaten, einer war, der sie mit festem Blick betrachtet hatte. Dabei war jener so weit entfernt, daß er nicht einmal dessen Gesicht richtig erkennen konnte. Dennoch war der Jüngling sicher, daß jener sie ansah.

Als sie sich gerade anschickten, eine Bergkette zu überqueren, die sich über den ganzen Horizont erstreckte, sagte der Alchimist, daß es nur noch zwei Tagesreisen bis zu den Pyramiden seien.

»Da wir uns bald trennen werden, lehrt mich Alchimie«, bat der Jüngling.

»Du beherrschst sie schon. Es bedeutet, in die Weltenseele einzutauchen und den Schatz zu entdecken, den sie für uns bereithält.«

»Das meine ich nicht. Ich spreche von der Verwandlung von Blei in Gold.«

143

Der Alchimist respektierte die Stille der Wüste und antwortete erst, als sie anhielten, um zu essen.

»Alles im Universum entwickelt sich«, sagte er. »Und für die Weisen bedeutet Gold die höchste Fortentwicklung. Frag mich nicht, warum. Ich weiß nur, daß die Tradition immer recht hat. Es waren die Menschen, die die Worte der Weisen nicht richtig auslegten. Anstatt zum Symbol einer Weiterentwicklung zu werden, wurde das Gold zum Symbol der Kriege.«

»Die Dinge sprechen viele Sprachen«, warf der Jüngling ein. »Ich erlebte, wie das Schreien eines Kamels erst nichts als ein Schreien war, dann wurde es ein Zeichen von Gefahr, und zuletzt war es wieder nur ein Schreien.«

Nun schwieg er. Der Alchimist würde das ja alles selber wissen.

Dieser fuhr fort: »Ich kannte wahrhaftige Alchimisten. Sie zogen sich ins Laboratorium zurück und versuchten, sich wie das Gold weiterzuentwickeln; sie entdeckten den Stein der Weisen. Denn sie verstanden, daß, wenn sich irgend etwas weiterentwickelt, alles in dessen Umgebung sich ebenfalls weiterentwickelt. Andere fanden den Stein der Weisen aus purem Zufall. Sie hatten bereits die Gabe, ihre Seelen waren empfänglicher als die anderer Leute. Aber sie zählen nicht so sehr, weil sie sehr selten sind. Wiederum andere suchten nur das Gold. Diese haben das Geheimnis nie entdeckt. Sie vergaßen, daß auch das Blei, das Silber oder das Eisen ihren persönlichen Lebensplan zu erfüllen haben. Wer in den Lebensplan eines anderen eingreift, der wird nie seinen eigenen entdecken.«

Diese Worte des Alchimisten klangen wie ein Fluch. Er

bückte sich, um eine Muschel vom Wüstenboden aufzuheben. »Hier war schon einmal ein Meer«, stellte er fest.

»Das habe ich auch schon bemerkt«, antwortete der Jüngling.

Nun forderte der Alchimist den Jüngling auf, die Muschel an sein Ohr zu halten. Als er klein war, hatte er das schon öfter getan, und er hörte das Meeresrauschen.

»Das Meer verweilt in der Muschel, weil es ihr persönlicher Lebensplan ist. Und es wird sie nie verlassen, bis sich eines Tages die Wüste erneut mit Wasser bedeckt.«

Dann stiegen sie wieder auf die Pferde und ritten den Pyramiden von Ägypten entgegen.

Die Sonne war bereits am Untergehen, als das Herz des Jünglings Gefahr anzeigte. Sie befanden sich inmitten von riesigen Dünen, und der Jüngling sah besorgt zum Alchimisten hinüber, doch dieser schien nichts bemerkt zu haben. Fünf Minuten später erblickte er zwei Reiter in der Ferne, die Umrisse zeichneten sich gegen die Sonne ab. Noch bevor er den Alchimisten warnen konnte, verwandelten sich die zwei Reiter in zehn, dann in hundert, bis schließlich die ganzen Dünen mit ihnen übersät waren.

Die Krieger trugen blaue Kleidung mit einem schwarzen Reif um den Turban. Die Gesichter waren mit blauen Tüchern bedeckt, die nur die Augen frei ließen. Selbst aus der Ferne zeigten die Augen die Kraft ihrer Seelen. Und die Augen sprachen von Tod.

28

Man brachte sie beide zu einem Feldlager in der Nähe. Ein Soldat stieß sie in ein Zelt hinein. Dieses Zelt war anders als jene, die der Jüngling in der Oase kennengelernt hatte; es befand sich ein oberer Kriegsherr mit seinen Heeresführern darin.

»Das sind die Spione«, sagte einer der Männer.

»Wir sind nur Reisende«, entgegnete der Alchimist.

»Vor drei Tagen wurdet ihr im feindlichen Lager gesehen, wie ihr mit einem der Krieger gesprochen habt.«

»Ich bin ein friedlicher Mensch, der durch die Wüste zieht und die Sterne kennt«, sagte der Alchimist. »Ich weiß nichts über die Heere oder darüber, wo sich die Stämme aufhalten. Ich habe nur meinen Freund begleitet.«

»Wer ist dein Freund?« fragte der Kommandant.

»Ein Alchimist«, antwortete der Alchimist. »Er kennt die Kräfte der Natur. Und er möchte euch gerne seine außergewöhnlichen Fähigkeiten zeigen.«

Der Jüngling lauschte schweigend. Und voller Angst.

»Was hat ein Fremder in einem fremden Land zu suchen?« fragte ein anderer.

»Er bringt Geld, um es eurem Stamm anzubieten«, antwortete der Alchimist, noch bevor der Jüngling ein Wort sagen konnte. Und er nahm ihm die Tasche ab und überreichte dem Kriegsherrn die Goldmünzen. Der Araber nahm sie ohne ein Wort an sich. Dafür konnte er viele Waffen kaufen.

»Was ist ein Alchimist?« wollte er schließlich wissen.

»Ein Mann, der die Natur und die Welt kennt. Wenn er wollte, könnte er dieses Feldlager nur durch die Kraft des Windes zerstören.«

Die Männer lachten. Sie waren mit der Gewalt des Krieges vertraut und wußten, daß der Wind niemandem einen Todesstoß versetzen kann. Dennoch zog sich ihnen das Herz in der Brust zusammen.

Sie waren Männer der Wüste, und als solche fürchteten sie sich vor Zauberern.

»Das möchte ich sehen«, sagte ihr Anführer.

»Dazu brauchen wir drei Tage«, entgegnete der Alchimist. »Er wird sich in Wind verwandeln, um die Kraft seiner Macht zu beweisen. Sollte es ihm nicht gelingen, so bieten wir demütig unser Leben an, zu Ehren eures Stammes.«

»Du kannst mir nichts anbieten, was mir sowieso schon gehört«, erwiderte der Anführer herablassend, doch er bewilligte den Reisenden die drei Tage.

Der Jüngling war gelähmt vor Entsetzen. Der Alchimist mußte ihn am Arm ins Freie ziehen.

»Laß es nicht zu, daß man deine Angst bemerkt«, sagte der Alchimist. »Das sind tapfere Männer, und sie verachten Feiglinge.«

Dem Jüngling hatte es die Sprache verschlagen. Erst nach einiger Zeit, während sie durch das Lager gingen, fand der Jüngling seine Stimme wieder. Die Araber sahen keine Notwendigkeit, sie einzusperren, sie nahmen ihnen lediglich die Pferde ab. Und wieder einmal zeigte die Welt ihre vielen Ausdrucksformen: Die Wüste, ehemals eine ihnen offenstehende, unendliche Landschaft, schien nun zu einer unbezwingbaren Mauer geworden zu sein.

»Du hast ihnen mein ganzes Vermögen gegeben!« sagte der Jüngling empört. »Alles, was ich in meinem ganzen Leben verdient habe!«

»Und wozu würde es dir nützen, wenn du sterben müßtest?« entgegnete der Alchimist. »Dein Geld hat dich für drei Tage gerettet. Nur selten hat Geld dazu gedient, den Tod hinauszuschieben.«

Aber der Jüngling war zu verschreckt, um weisen Worten zu lauschen. Er wußte nicht, wie er sich in Wind verwandeln sollte. Schließlich war er kein Alchimist.

Der Alchimist bat einen Krieger um Tee und strich ein wenig davon auf das Handgelenk des Jünglings. Während der Alchimist einige Worte murmelte, die der Schüler nicht verstand, durchflutete ihn eine Welle des Friedens.

»Gib dich nicht der Verzweiflung anheim. Sonst wirst du dich nicht mehr mit deinem Herzen verständigen können«, sagte der Alchimist mit einer ungewöhnlich sanften Stimme.

»Aber ich kann mich doch nicht in Wind verwandeln.«

»Wer seine innere Bestimmung erfüllt, weiß alles, was er wissen muß. Nur eines macht sein Traumziel unerreichbar: die Angst vor dem Versagen.«

»Ich habe keine Angst vor dem Versagen. Nur kann ich mich nicht in Wind verwandeln.«

»Dann mußt du es lernen, denn dein Leben hängt davon ab.«

»Und wenn ich es nicht schaffe?«

»Dann stirbst du, während du deine innere Bestimmung erfüllst. Es ist immerhin besser, so zu sterben als wie Millionen andere, die niemals erfahren haben, daß es überhaupt eine innere Bestimmung gibt. Aber sorge dich nicht. Gewöhnlich macht einen der bevorstehende Tod empfindlicher für das Leben.«

Der erste Tag ging vorüber. In der Nähe hatte es eine große Schlacht gegeben, und es wurden viele Verwundete ins Lager gebracht.

›Gar nichts ändert sich nach dem Tod‹, dachte der Jüngling. Die gefallenen Krieger wurden durch neue ersetzt, und das Leben nahm seinen Lauf.

»Du hättest mit dem Tod noch warten können, mein Freund«, sagte ein Wächter zu dem leblosen Körper eines Kameraden. »Du hättest sterben können, wenn wieder Frieden herrscht. Aber irgendwann wärst du sowieso gestorben.«

Am Abend suchte der Jüngling den Alchimisten auf. Dieser brachte gerade seinen Falken in die Wüste.

»Ich kann mich nicht in Wind verwandeln«, wiederholte der Jüngling.

»Denk daran, was ich dir gesagt habe: Die Welt ist nur der sichtbare Teil von Gott. Die Alchimie ist dafür zuständig, daß sich die geistige Vollkommenheit auf das Stoffliche überträgt.«

»Was macht Ihr hier?«

»Meinem Falken Nahrung geben.«

»Wozu? Wenn ich mich nicht in Wind verwandeln kann, dann sterben wir alle drei«, meinte der Jüngling. »Wozu noch dem Falken Futter geben?«

»Nur du wirst sterben«, entgegnete der Alchimist. »Denn ich kann mich in Wind verwandeln.«

29

Am zweiten Tag stieg der Jüngling auf einen hohen Felsen, der sich in der Nähe des Lagers befand. Die Wächter ließen ihn vorbei; sie hatten schon von dem Zauberer gehört, der sich in Wind verwandeln könne, und wollten ihm nicht zu nahe kommen. Außerdem war die Wüste wie eine unbezwingbare Mauer.

Er blieb den Rest des zweiten Tages dort oben sitzen, blickte in die Wüste und lauschte der Stimme seines Herzens – und die Wüste lauschte seiner Angst. Beide sprachen sie die gleiche Sprache.

Am dritten Tag versammelte der oberste Kriegsherr seine Heerführer um sich.

»Nun laß uns sehen, wie sich der Bursche in Wind verwandelt«, sagte er, an den Alchimisten gewandt.

»Wir werden sehen«, antwortete der Alchimist.

Der Jüngling brachte sie an den Ort, wo er am vorherigen Tag gewesen war. Dann bat er alle, sich zu setzen.

»Es wird eine Weile dauern«, sagte er.

»Wir haben keine Eile«, erwiderte der Anführer. »Wir sind Männer der Wüste.«

Der Jüngling blickte sich um. Es waren Berge in der Ferne, um ihn Dünen, Felsen und Kriechgewächse, die zu leben versuchten, wo das Überleben unmöglich schien. Hier lag die Wüste vor ihm, die er während vieler Monate durchquert und dennoch nur zu einem ganz kleinen Teil kennengelernt hatte. In dieser Zeit waren ihm ein Engländer, Karawanen, Stammeskriege, eine Oase mit fünfzigtausend Dattelpalmen und dreihundert Brunnen begegnet.

»Was willst du heute schon wieder hier?« fragte die Wüste. »Haben wir uns gestern nicht genug betrachtet?«

»Irgendwo bewahrst du die Frau in dir, die ich liebe«, sagte der Jüngling. »Wenn ich also deine Weite betrachte, dann betrachte ich auch sie. Ich möchte zu ihr zurückkehren und brauche deine Hilfe, um mich in Wind zu verwandeln.«

»Was ist Liebe?« wollte die Wüste wissen.

»Liebe ist, wenn der Falke über deinen Sand fliegt. Denn für ihn bist du ein fruchtbares Feld, und er kommt nie ohne Beute zurück. Er kennt deine Felsen, deine Dünen und deine Berge, und du bist großzügig zu ihm.«

»Falken berauben mich«, entgegnete die Wüste. »Jahrelang ziehe ich ihre Beute auf, tränke sie mit dem wenigen Wasser, das ich habe, und zeige ihr, wo es Nahrung gibt. Und eines Tages schießt der Falke vom Himmel, gerade wenn das Wild meinen Boden zart zu durchstreifen beginnt. Und er entführt das, was ich großgezogen habe.«

»Aber dafür hast du die Beute schließlich aufgezogen«,

entgegnete der Jüngling. »Um den Falken zu ernähren. Und der Falke ernährt seinerseits den Menschen. Und der Mensch wiederum wird eines Tages deinen Boden nähren, aus dem dann wieder die Beute hervorgeht. Das ist der Lauf der Welt.«

»Und das soll die Liebe sein?«

»Ja, das ist die Liebe. Sie verwandelt die Beute in den Falken, den Falken in den Menschen und diesen wieder in Wüste. Sie bewirkt, daß das Blei sich in Gold verwandelt und das Gold sich wieder in der Erde verbirgt.«

»Ich verstehe deine Worte nicht«, meinte die Wüste.

»Dann versuche zu verstehen, daß irgendwo in deinen Dünen eine Frau auf mich wartet. Und dafür muß ich mich in Wind verwandeln.«

Die Wüste schwieg einen Moment.

»Ich gebe dir meinen Sand, damit der Wind hineinblasen kann. Aber alleine kann ich nichts tun. Bitte den Wind um Hilfe.«

Eine kleine Brise begann zu wehen. Die Heerführer schauten zum Jüngling hinüber, der eine Sprache sprach, die sie nicht kannten. Der Alchimist lächelte. Der Wind strich über das Gesicht des Jünglings. Er hatte seiner Unterhaltung mit der Wüste gelauscht, denn die Winde wissen immer alles. Sie ziehen durch die Welt, ohne einen festen Ort zu haben, wo sie geboren werden oder wo sie sterben.

»Hilf mir«, bat der Jüngling. »Kürzlich vernahm ich in dir die Stimme meiner Geliebten.«

»Wer hat dich gelehrt, die Sprache der Wüste und des Windes zu sprechen?«

»Mein Herz«, erwiderte der Jüngling.

Der Wind besaß viele Namen. Hier nannte man ihn Schirokko, und die Araber glaubten, daß er aus einem mit viel Wasser bedeckten Land komme, in welchem schwarze Menschen lebten. In dem fernen Land, aus dem der Jüngling kam, nannte man ihn den Wind der Levante, denn man glaubte dort, daß er den Sand der Wüste und die Kriegsrufe der Mauren brachte. Und vielleicht meinte man an einem weit von seinen ehemaligen Schafsweiden entfernten Ort, daß der Wind aus Andalusien käme. Aber der Wind kam von nirgendwoher und kehrte auch nirgendwohin zurück, und deshalb war er stärker als die Wüste. Eines Tages würde man in der Wüste vielleicht Bäume pflanzen und Schafe züchten können, aber niemals würde man den Wind beherrschen.

»Du kannst nicht zu Wind werden, denn wir sind von unterschiedlicher Natur«, sagte der Wind.

»Das stimmt nicht«, entgegnete der Jüngling. »Ich habe die Geheimnisse der Alchimie entdeckt, während ich durch die Welt zog. Ich habe die Winde, die Wüsten, die Ozeane, die Sterne in mir und alles, was es im Universum gibt. Wir wurden durch dieselbe Hand erschaffen und haben die gleiche Seele. Ich möchte wie du sein, in alle Winkel eindringen, die Meere überqueren, den Sand, der meinen Schatz zudeckt, fortwehen und die Stimme meiner Geliebten herbeiholen.«

»Ich habe dein Gespräch mit dem Alchimisten vor ein paar Tagen gehört«, sagte der Wind. »Er meinte, daß jedes Ding seinen persönlichen Lebensplan hat. Die Menschen können sich nicht in Wind verwandeln.«

»Lehre mich nur für einige Augenblicke, Wind zu werden, damit wir uns über die unbegrenzten Möglichkeiten der Menschen und der Winde unterhalten können«, bat der Jüngling.

Eigentlich war der Wind recht neugierig, und er hätte sich gerne darüber unterhalten, aber er konnte keinen Menschen in Wind verwandeln, obwohl er doch so vieles konnte! Er schuf Wüsten, versenkte Schiffe, fegte ganze Wälder um und durchstreifte Städte voller Musik und seltsamer Geräusche. Er glaubte, alles zu können, doch nun war hier ein junger Bursche, der behauptete, daß es noch mehr gab, was ein Wind vermochte.

»Das nennt man Liebe«, sagte der Jüngling, als er bemerkte, daß der Wind seinem Wunsch beinahe nachgab. »Wenn man liebt, kann man alles in der Schöpfung sein. Wenn man liebt, ist es nicht notwendig, zu verstehen, was vor sich geht, denn alles spielt sich in uns selber ab, und Menschen können sich in Wind verwandeln. Natürlich nur, wenn dieser dabei behilflich ist.«

Der Wind war sehr stolz, und es mißfiel ihm, was der Jüngling da sagte. Er blies mit größerer Geschwindigkeit und wühlte den Wüstensand auf. Aber schließlich mußte er sich eingestehen, daß er, obwohl er die ganze Welt durchquert hatte, nicht wußte, wie man Menschen in Wind verwandeln konnte – und er kannte die Liebe nicht.

»Während ich durch die Welt zog, habe ich bemerkt, daß viele Menschen, die von Liebe sprachen, dabei zum Himmel aufsahen«, bemerkte der Wind gereizt, weil er seine Grenzen anerkennen mußte. »Vielleicht solltest du lieber den Himmel befragen.«

»Dann hilf mir dabei und erfülle die Luft mit Sand, damit ich unbeschadet in die Sonne schauen kann.«

Daraufhin blies der Wind mit großer Kraft, so daß eine Sandwolke den Himmel verdeckte und von der Sonne nur eine goldene Scheibe übrigblieb.

Im Lager hatte man Mühe, noch etwas zu sehen. Die Wüstenmänner kannten diesen Wind schon. Man nannte ihn Samum, und er war für sie schlimmer als ein Unwetter auf hoher See, da sie selbst das Meer nicht kannten. Die Pferde wieherten, und die Waffen wurden mit Sand bedeckt. Auf dem Felsen wandte sich einer der Befehlshaber an sein Oberhaupt und sagte: »Vielleicht sollten wir besser damit aufhören.«

Sie konnten den Jüngling kaum noch erkennen. Ihre Gesichter waren in die blauen Tücher gehüllt, und in ihren Augen stand Entsetzen.

»Laß uns damit aufhören«, meinte auch ein anderer.

»Ich will die Größe Allahs schauen«, sagte der Anführer, und aus seiner Stimme sprach Hochachtung. »Ich will sehen, wie sich Menschen in Wind verwandeln.«

Aber er merkte sich die Namen der beiden Männer, die Angst gezeigt hatten. Sowie der Wind nachließ, würde er sie ihrer Posten entheben, denn richtige Männer der Wüste sollten keine Angst haben.

»Der Wind sagte mir, daß du die Liebe kennst«, wandte sich der Jüngling an die Sonne. »Wenn du die Liebe kennst, dann kennst du auch die Weltenseele, die aus Liebe besteht.«

»Von hier, wo ich mich befinde, kann ich die Weltenseele

sehen. Sie ist mit meiner Seele in Verbindung, und zusammen bewirken wir, daß die Pflanzen wachsen und die Schafe den Schatten aufsuchen. Von hier oben – und ich bin sehr weit von der Welt entfernt – habe ich gelernt zu lieben. Ich weiß, daß, wenn ich mich der Erde etwas mehr näherte, alles auf ihr sterben müßte und die Weltenseele aufhörte zu existieren. Also betrachten wir uns wohlwollend, und ich schenke ihr Licht und Wärme, und sie gibt mir einen Lebensinhalt.«

»Du kennst also die Liebe«, sagte der Jüngling.

»Und ich kenne die Weltenseele, denn wir unterhalten uns viel auf dieser endlosen Reise durch das Universum. Sie hat mir erzählt, ihr größtes Problem sei, daß bisher nur die Mineralien und die Pflanzen begriffen haben, daß alles ein einziges Ganzes ist. Und daher ist es nicht nötig, daß das Eisen dem Kupfer gleich ist und dieses dem Gold. Ein jedes erfüllt seine Aufgabe in diesem einzigen Ganzen, und alles wäre eine Symphonie des Friedens, hätte die Hand, die alles geschrieben hat, am fünften Schöpfungstag aufgehört. Aber es gab einen sechsten Tag«, sagte die Sonne.

»Du bist weise, weil du alles aus der Ferne betrachtest«, bemerkte der Jüngling. »Aber die Liebe kennst du nicht. Wenn es keinen sechsten Schöpfungstag gegeben hätte, dann gäbe es keine Menschen, und das Kupfer bliebe für immer Kupfer, und das Blei bliebe für immer Blei. Es ist richtig, daß jedes seinen persönlichen Lebensplan hat, aber eines Tages ist dieser Lebensplan erfüllt. Dann muß man sich in etwas Edleres verwandeln und einen neuen Lebensplan erfüllen, bis die Weltenseele wirklich nur noch ein einziges Ganzes ist.« Die Sonne wurde nachdenklich und schien wieder stärker. Der Wind, dem die Unterhaltung gefiel, blies auch verstärkt, damit die Sonne den Jüngling nicht erblinden ließ.

»Dafür gibt es die Alchimie«, fuhr der Jüngling fort. »Damit jeder Mensch seinen Schatz sucht und findet und danach besser sein möchte als im vorherigen Leben. Das Blei wird seine Aufgabe erfüllen, bis die Welt kein Blei mehr benötigt; dann muß es sich in Gold umwandeln. Die Alchimisten vermögen das. Sie zeigen, daß, wenn wir edler zu sein versuchen, als wir es von Natur aus sind, auch alles um uns her edler wird.«

»Und wieso behauptest du, ich würde die Liebe nicht kennen?« fragte die Sonne.

»Weil die Liebe nicht darin besteht, still zu sein wie die Wüste, noch darin, durch die Welt zu ziehen wie der Wind, noch darin, alles aus der Ferne zu betrachten, wie du es tust. Die Liebe ist die Kraft, die die Weltenseele verwandelt und veredelt. Als ich das erste Mal in diese Weltenseele eindrang, empfand ich sie als vollkommen. Aber dann erkannte ich, daß sie der Widerschein aller Geschöpfe ist und somit auch ihre Kriege und ihre Leidenschaften in sich trägt. Wir nähren die Weltenseele, und unsere Erde wird edler oder schlechter, je nachdem, ob wir edler oder schlechter werden. Hier kommt dann die Kraft der Liebe ins Spiel, denn wenn wir lieben, wollen wir stets edler werden, als wir sind.«

»Was willst du eigentlich von mir?« wollte die Sonne wissen.

»Daß du mir behilflich bist, mich in Wind zu verwandeln«, entgegnete der Jüngling.

»Die Natur erkennt mich als die weiseste aller Kreaturen an«, sagte die Sonne. »Aber wie ich dich in Wind verwandeln soll, weiß ich leider nicht.«

»Mit wem soll ich dann sprechen?«

Die Sonne überlegte einen Moment. Der Wind hatte ja gelauscht und würde bestimmt über die ganze Welt verbreiten, daß ihre Fähigkeiten beschränkt seien. Sie entkam dem jungen Mann, der die Sprache der Welt sprach, nicht so schnell.

»Unterhalte dich mit der Hand, die alles erschaffen hat«, empfahl die Sonne.

Nun schrie der Wind vor Freude auf und blies stärker denn je, die Zelte wurden aus dem Boden gerissen, und die Pferde machten sich von den Zügeln los. Die Männer auf dem Felsen klammerten sich aneinander, um nicht umgeweht zu werden. Der Jüngling wandte sich nun an die Hand, die alles aufgezeichnet hatte. Und er spürte, daß das Universum schwieg, anstatt irgend etwas zu sagen, und so blieb auch er still. Ein Strom der Liebe entsprang seinem Herzen, und er begann zu beten. Es war ein Gebet, das er noch nie zuvor gebetet hatte, denn es war ohne Worte und ohne Bitten. Er dankte nicht, weil die Schafe eine fette Weide gefunden hatten, und er bat nicht, noch mehr Kristallwaren verkaufen zu können, oder daß die Frau seiner Träume auf seine Rückkehr warten möge. In der Stille, die nun herrschte, erkannte der Jüngling, daß die Wüste, der Wind und die Sonne ebenfalls nach den Zeichen von jener Hand suchten, um ihren Weg zu finden und das zu verstehen, was in einen einfachen Smaragd eingraviert war. Er wußte, daß diese Zeichen sowohl auf der Erde als auch im Weltraum verstreut waren, und daß sie dem Augenschein nach keinerlei Sinn ergaben, und daß weder die Wüste noch der Wind, noch die Sonne oder die Menschen wußten, warum sie erschaffen worden waren. Aber jene Hand hatte für alles einen Beweggrund, und nur sie allein konnte Wunder vollbringen, indem sie Ozeane in Wüsten verwandelte oder Menschen in Wind. Denn sie allein wußte darum, daß eine höhere Bestimmung das Universum zu einem Punkt drängte, an dem sechs Schöpfungstage sich in das Große Werk verwandelten.

Und der Jüngling tauchte in die Weltenseele ein und erkannte, daß diese ein Teil der göttlichen Seele und die göttliche Seele seine eigene Seele war. Und daß er somit selber Wunder vollbringen konnte.

32

An jenem Tag blies der Samum wie nie zuvor. Noch über Generationen erzählten sich die Araber die Legende des Jünglings, der sich in Wind verwandelte, beinahe ein ganzes Heerlager zerstörte und die Macht des obersten Kriegsherrn der Wüste herausforderte.

Als der Sturm sich endlich beruhigt hatte, blickten alle zu dem Platz hinüber, an dem der Jüngling gewesen war, aber dieser war nicht mehr dort; er war bei einem fast völlig mit Sand bedeckten Wächter, der die andere Seite des Lagers bewachte. Die Männer waren durch diese Zauberei beunruhigt. Nur zwei Personen lächelten: der Alchimist, weil er seinen richtigen Schüler gefunden hatte, und auch der Anführer, denn beide hatten die Herrlichkeit Gottes geschaut.

Am folgenden Tag verabschiedete sich der Anführer von dem Jüngling und dem Alchimisten und veranlaßte, daß sie eine Eskorte begleitete, wohin immer sie wollten.

33

Sie reisten den ganzen Tag. Gegen Abend kamen sie an ein koptisches Kloster. Der Alchimist entließ die Eskorte und stieg von seinem Pferd.

»Von hier aus kannst du alleine weiterziehen«, sagte er zum Jüngling. »Es fehlen nur noch drei Stunden bis zu den Pyramiden.«

»Ich danke Euch. Ihr habt mich die Weltensprache gelehrt«, erwiderte der Jüngling.

»Ich habe dir lediglich in Erinnerung gerufen, was du bereits wußtest.« Der Alchimist klopfte an die Türe des Klosters. Ein ganz in Schwarz gekleideter Mönch erschien. Sie unterhielten sich kurz auf koptisch, und dann forderte der Alchimist den Jüngling auf, mit ihm einzutreten.

»Ich bat ihn, mir für kurze Zeit die Küche zu überlassen«, sagte er.

Nun gingen sie in diese Küche. Der Alchimist machte Feuer, und der Mönch brachte etwas Blei, welches der Alchimist in einem Eisengefäß schmolz. Als das Blei flüssig war, holte der Alchimist jenes merkwürdige Ei aus gelblichem Glas aus seiner Tasche. Er kratzte eine Spur herunter, so dünn wie ein Haar, umhüllte sie mit Wachs und warf sie in das Gefäß. Die Mischung verfärbte sich blutrot. Dann nahm er den Topf vom Feuer und ließ ihn abkühlen. Währenddessen unterhielt er sich mit dem Mönch über den Stammeskrieg.

»Der wird noch lange andauern«, sagte er zum Mönch.

Der Mönch war keineswegs erfreut. Schon seit langem hielten sich die Karawanen in Gizeh auf und warteten auf das Kriegsende.

»Aber Gottes Wille geschehe«, meinte er.

»So ist es«, bestätigte der Alchimist.

Als der Topf abgekühlt war, schauten der Mönch und der Jüngling verblüfft drein: Das Blei war in der runden Form des Gefäßes getrocknet, aber es war kein Blei mehr, sondern Gold.

»Werde ich das auch eines Tages fertigbringen?« fragte der Jüngling.

»Das war meine innere Bestimmung, nicht deine«, entgegnete der Alchimist. »Ich wollte dir nur zeigen, daß es möglich ist.«

Dann teilte der Alchimist die Goldscheibe in vier Stücke.

»Das ist für deine Gastfreundschaft«, sagte er und gab dem Mönch einen Teil.

»Der Lohn ist größer als mein Verdienst«, bemerkte der Mönch.

»Sag so etwas nicht noch einmal. Sonst kann das Leben es hören und dir das nächste Mal weniger zugestehen.«

Dann näherte er sich dem Jüngling.

»Dieser Teil gehört dir, um zu zahlen, was du dem obersten Kriegsherrn überlassen hast.«

Der Jüngling wollte sagen, daß es viel mehr sei, als er dem Kriegsherrn hinterlassen hatte. Aber er hielt sich zurück, weil er gehört hatte, was der Alchimist dem Mönch erklärt hatte.

»Und diesen Teil behalte ich selber«, sagte der Alchimist und steckte ihn ein. »Denn ich muß durch die Wüste zurück und durch das Kampfgebiet.«

Dann nahm er das vierte Stück und reichte auch dieses dem Mönch.

»Und das ist noch für den Jüngling, falls er es benötigt.«

»Aber ich suche doch meinen Schatz und bin schon ganz nahe dran!« entgegnete der Jüngling.

»Und ich bin sicher, daß du ihn finden wirst«, meinte der Alchimist.

»Warum das also?«

»Weil du schon zweimal alles verloren hast, einmal mit dem Dieb und einmal mit dem Kriegsherrn. Ich bin ein alter, abergläubischer Araber, der an die Sprichwörter seines Landes glaubt. Ein Sprichwort heißt: ›Alles, was dir einmal passiert, passiert möglicherweise nie wieder. Aber alles, was zweimal passiert, wird sicher auch ein drittes Mal passieren.‹« Sie bestiegen ihre Pferde.

34

»Bevor wir uns trennen, möchte ich dir noch eine Geschichte über Träume erzählen«, sagte der Alchimist. Der Jüngling kam näher herangeritten.

»Im alten Rom, zur Zeit des Kaisers Tiberius, lebte ein guter Mann, der zwei Söhne hatte. Einer war Soldat, und als er eingezogen wurde, schickte man ihn in die entferntesten Regionen des Reiches. Der andere Sohn war ein Dichter und begeisterte ganz Rom mit seinen schönen Versen. Eines Nachts hatte der Alte einen Traum. Ein Engel erschien ihm und sagte, daß die Worte eines seiner Söhne auf der ganzen Welt bekannt, wiederholt und von Generation zu Generation weitergegeben werden würden. Der Alte erwachte dankbar und weinte vor Freude, weil das Leben so großzügig war und ihm etwas verraten hatte, worauf jeder Vater stolz wäre.

Kurz darauf starb der Alte bei einem Unfall, als er ein Kind vor den Rädern eines Wagens retten wollte. Weil er ein korrektes und ehrbares Leben geführt hatte, kam er sogleich in den Himmel und begegnete dem Engel, den er schon von seinem Traum her kannte.

›Du warst ein guter Mensch‹, sagte der Engel. ›Du hast dein Leben in Liebe gelebt und bist mit Würde gestorben. Nun kann ich dir einen beliebigen Wunsch erfüllen.‹

›Das Leben war auch gut zu mir‹, entgegnete der Alte. ›Als du mir seinerzeit im Traum erschienst, fühlte ich, daß alle meine Bemühungen belohnt würden, weil die Gedichte meines Sohnes noch in den kommenden Jahrhunderten bekannt sein werden. Für mich persönlich habe ich keinen Wunsch, aber jeder Vater wäre stolz auf den Ruhm seines Kindes, das er aufgezogen hat. Ich würde gerne – in ferner Zukunft – die Worte meines Sohnes hören.‹

Der Engel berührte ihn an der Schulter, und beide wurden sie in eine ferne Zukunft versetzt. Um sie herum war ein großer Platz mit Tausenden von Menschen, die in einer fremden Sprache redeten. Der Alte weinte vor Glück.

›Wußte ich doch, daß die Verse meines Sohnes gut und unsterblich waren‹, sagte er gerührt zu dem Engel. ›Gerne würde ich wissen, welches seiner Gedichte diese Menschen hier vortragen.‹

Da faßte ihn der Engel liebevoll am Arm, und beide setzten sich auf eine der Bänke, die es auf dem großen Platz gab. ›Die Gedichte deines Sohnes waren sehr beliebt im alten Rom‹, sagte der Engel. ›Alle mochten sie und haben sich an ihnen erfreut. Aber als die Herrschaft von Tiberius vorbei war, gerieten sie in Vergessenheit. Diese Worte sind von deinem Sohn, der dem Heer beitrat.‹

Der Alte sah den Engel verwundert an.

›Dein Sohn diente an einem entfernten Ort und wurde Befehlshaber. Er war auch ein gerechter und guter Mensch. Eines Tages erkrankte sein Knecht und lag im Sterben. Dein Sohn hatte von einem Rabbi gehört, der Kranke heilte, und so begab er sich tagelang auf die Suche nach diesem Mann. Während der Reise erfuhr er, daß der Mann, den er suchte, Gottes Sohn war. Er begegnete anderen Menschen, die durch ihn geheilt wurden, er lernte ihre Lehre kennen, und obwohl er ein römischer Legionär war, bekannte er sich zu ihrem Glauben. Bis er eines Tages dem Rabbi persönlich begegnete. Er erzählte ihm von seinem kranken Diener. Und der Rabbi erbot sich, mit in sein Haus zu kommen. Aber der Legionär war ein gläubiger Mann, und als er dem Rabbi in die Augen sah, wußte er, daß er wahrhaftig den Sohn Gottes vor sich hatte, während sich die Leute um sie her erhoben. Dies sind die Worte, die dein Sohn in jenem Moment zum Rabbi sagte und die nie mehr vergessen wurden: *Herr, ich bin nicht würdig, daß du eingehst unter mein Dach, aber sprich nur ein Wort, und mein Knecht wird gesund.‹*

Gleichgültig was ein Mensch tut, er steht jederzeit im Mittelpunkt der Weltgeschichte, doch meist weiß er es nicht«, schloß der Alchimist, indem er sein Pferd antrieb.

Der Jüngling lächelte. Er hatte nie für möglich gehalten, daß das Leben eines Hirten so wichtig sein könnte.

»Leb wohl!« sagte der Alchimist.

»Lebt wohl!« antwortete der Jüngling.

35

Der Jüngling zog zweieinhalb Stunden durch die Wüste und versuchte zu hören, was ihm sein Herz sagte. Denn es würde ihm den genauen Ort angeben, wo der Schatz verborgen lag.

»Wo dein Schatz liegt, dort ist auch dein Herz«, hatte der Alchimist gesagt.

Aber sein Herz sprach von anderen Dingen. Es erzählte

mit Stolz von einem Hirten, der seine Schafe verlassen hatte, um einem wiederkehrenden Traum zu folgen. Es erzählte von dem persönlichen Lebensplan und von all den Männern, die sich ebenfalls aufgemacht hatten, auf der Suche nach fernen Ländern und schönen Frauen, und die es mit den Männern ihrer Zeit aufgenommen hatten, mit deren Anschauungen und Vorurteilen. Und während des ganzen Weges erzählte sein Herz von Reisen, Entdeckungen, Büchern und großen Veränderungen.

Erst in dem Augenblick, als er eine Düne erklimmen wollte, und nicht einen Augenblick früher, flüsterte ihm sein Herz zu: »Achte auf den Ort, an dem du weinen wirst. Denn an jenem Ort werde auch ich sein, und dort liegt dein Schatz begraben.«

Der Jüngling stieg langsam die Düne hinauf. Der Sternenhimmel zeigte wieder einen Vollmond; sie waren also einen Monat lang durch die Wüste gezogen. Das Mondlicht ließ die Düne in einem Schattenspiel wie ein wogendes Meer aussehen, und der Jüngling dachte an jenes Mal zurück, als er die Zügel seines Pferdes lockergelassen und dem Alchimisten das Zeichen gegeben hatte, worauf dieser wartete. Das Mondlicht schien über der schweigenden Wüste und jener langen Reise, welche die Männer auf der Suche nach ihrem Schatz zurücklegten. Als er einige Augenblicke später oben auf der Düne ankam, machte sein Herz einen Freudensprung. Im strahlenden Licht des Vollmonds und über der hellen Wüste lagen majestätisch und feierlich die Pyramiden von Ägypten vor ihm.

Der Jüngling fiel auf die Knie und weinte. Er dankte Gott dafür, daß dieser ihn an seinen persönlichen Lebensweg hatte glauben und ihn dem König, dem Händler, dem Engländer und dem Alchimisten hatte begegnen lassen. Vor allem aber dankte er ihm dafür, daß er ihn eine Frau der Wüste hatte finden lassen, die ihm begreifen half, daß die Liebe niemals einen Mann von seiner Bestimmung abhält.

Die jahrhundertealten Pyramiden blickten in ihrer ganzen Größe auf den Jüngling herab. Wenn er wollte, dann könnte er jetzt in die Oase zurückkehren, Fatima zur Frau nehmen und als einfacher Schafhirte leben. Denn auch der Alchimist lebte in der Wüste, obwohl er die Sprache der Welt beherrschte und obwohl er Blei in Gold verwandeln konnte. Er brauchte seine Weisheit und seine Kunst niemandem zu beweisen. Auf dem Weg zu seinem persönlichen Lebensplan hatte er bereits alles gelernt, was er benötigte, und er hatte alles gelebt, was er sich zu leben wünschte.

Nun war er bei seinem Schatz angelangt. Aber ein Werk ist erst vollendet, wenn das Ziel erfüllt ist. Hier oben auf der Düne hatte er geweint. Er schaute zu Boden und bemerkte, daß ein Skarabäus dort herumkrabbelte, wo seine Tränen niedergefallen waren. Und er hatte in seiner Zeit in der Wüste gelernt, daß der Skarabäus in Ägypten das Symbol für Gott ist. Wieder ein Zeichen! Der Jüngling begann zu graben, nachdem er an den Kristallwarenhändler gedacht hatte; niemand würde eine Pyramide in seinem Garten haben können, selbst wenn er sein ganzes Leben lang Steine aufeinanderhäufte.

Die ganze Nacht über grub der Jüngling an jener Stelle, ohne etwas zu finden. Die jahrhundertealten Pyramiden blickten schweigend auf ihn hinab. Aber er gab nicht auf:

Er grub und grub und kämpfte gegen den Wind an, der den Sand immer wieder in das Loch zurückwarf. Seine Hände wurden müde, dann wund, doch der Jüngling vertraute auf die Stimme seines Herzens. Und die hatte gesagt, daß er dort graben solle, wo seine Tränen niederfallen würden.

Plötzlich, als er gerade ein paar Steine beseitigen wollte, hörte er Schritte. Einige Gestalten näherten sich. Ihre Silhouetten zeichneten sich gegen den Mond ab, so daß der Jüngling weder die Augen noch die Gesichter erkennen konnte.

»Was treibst du da?« fragte eine Gestalt.

Der Jüngling antwortete nicht. Aber er verspürte Angst, er fürchtete um seinen Schatz.

»Wir sind auf der Flucht wegen des Stammeskrieges«, sagte ein anderer. »Wir müssen wissen, was du da versteckst. Denn wir brauchen Geld.«

»Ich halte nichts versteckt«, entgegnete der Jüngling. Aber eine der Gestalten packte ihn und zog ihn aus dem Loch. Ein anderer durchsuchte seine Taschen und fand das Stück Gold.

»Er hat Gold bei sich«, rief er.

Der Mond beleuchtete das Gesicht dieses Mannes, und in dessen Augen sah er den Tod.

»Sicherlich hat er im Sand noch mehr Gold versteckt«, meinte ein anderer.

Und sie zwangen den Jüngling weiterzugraben, aber es kam nichts zum Vorschein. Da verprügelten sie ihn, bis am Himmel die ersten Sonnenstrahlen aufleuchteten. Seine Kleidung war zerfetzt, und er fühlte sich dem Tod nahe.

›Wozu nützt mir das Geld, wenn ich sowieso sterbe?‹

dachte er und erinnerte sich, was der Alchimist gesagt hatte: »Nur selten nützt das Geld, jemanden vom Tod zu befreien.«

»Ich suche einen Schatz«, gestand der Jüngling endlich. Und mit zerschundenen und geschwollenen Lippen erzählte er den Räubern, daß er zweimal von einem Schatz geträumt hatte, der hier bei den Pyramiden vergraben war.

Derjenige, welcher der Anführer zu sein schien, schwieg eine Weile. Dann sagte er zu seinem Gefolgsmann: »Laß ihn los. Er hat nichts mehr. Und das Gold war sicher gestohlen.«

Der Jüngling fiel mit dem Gesicht in den Sand. Zwei Augen suchten die seinen. Es war der Anführer der Räuber. Doch der Jüngling blickte auf die Pyramiden.

»Laßt uns gehen«, meinte der Anführer zu den anderen. Dann wandte er sich an den Jüngling: »Du wirst nicht sterben. Du wirst leben, um zu lernen, daß man nicht so dumm sein darf. Genau hier habe ich vor beinahe zwei Jahren ebenfalls einen wiederkehrenden Traum gehabt. Ich träumte, daß ich nach Spanien gehen und auf dem Land eine zerfallene Kirche suchen solle, wo die Hirten mit ihren Schafen zu schlafen pflegen, und daß in der Sakristei ein Feigenbaum wächst, an dessen Wurzeln ein vergrabener Schatz liegt. Aber ich bin doch nicht blöd, nur wegen eines wiederkehrenden Traumes eine Wüste zu durchqueren.«

Dann ging er.

Der Jüngling erhob sich mühsam und schaute wieder zu den Pyramiden hinüber. Die Pyramiden lächelten ihm zu, und er lächelte zurück, und sein Herz war von Freude erfüllt. Er hatte seinen Schatz gefunden.

Epilog

Der Jüngling hieß Santiago. Er kam zu der kleinen verlassenen Kirche, gerade als es zu dämmern begann. Der Feigenbaum stand noch da, wo einst die Sakristei gewesen war, und man konnte noch immer die Sterne durch das halb zerstörte Dach sehen. Er erinnerte sich, daß er vor geraumer Zeit mit seinen Schafen hiergewesen war und daß es eine friedvolle Nacht gewesen war – mit Ausnahme des Traumes. Jetzt war er ohne Herde. Dafür hatte er einen Spaten dabei.

Er schaute eine Weile in den Himmel. Dann zog er eine Flasche Wein aus der Tasche und trank genüßlich. Er dachte an die Nacht in der Wüste, als er in die Sterne geschaut und mit dem Alchimisten Wein getrunken hatte. Er dachte an die vielen Umwege, die er gegangen war, und an die seltsame Art, wie Gott ihm seinen Schatz gezeigt hatte. Hätte er nicht an wiederkehrende Träume geglaubt, wäre er nicht der Zigeunerin, dem König, dem Dieb und all den anderen Menschen begegnet.

›Es waren so viele. Die Zeichen aber haben mir den Weg gewiesen, ich konnte ihn nicht verfehlen‹, sagte er sich.

Ohne es zu bemerken, schlief er ein. Als er erwachte, stand die Sonne schon hoch am Himmel. Dann fing er an, bei den Wurzeln des Feigenbaumes zu graben.

›Du alter Hexenmeister‹, dachte der Jüngling. ›Du hast alles gewußt. Du hast sogar etwas Gold für mich aufheben lassen, damit ich zu dieser Kirche zurückkehren konnte.

Der Mönch hat gelacht, als ich völlig zerlumpt wieder bei ihm aufkreuzte. Hättest du mir das nicht ersparen können?‹

»Nein«, hörte er den Wind sagen. »Wenn ich dich gewarnt hätte, dann hättest du die Pyramiden nicht zu sehen bekommen. Und sie sind sehenswert, findest du nicht auch?« Es war die Stimme des Alchimisten. Der Jüngling lächelte und grub weiter. Nach einer halben Stunde stieß der Spaten auf etwas Hartes. Eine Stunde später hatte er eine alte Truhe vor sich, gefüllt mit alten spanischen Goldmünzen. Es waren auch Edelsteine, mit weißen und roten Federn verzierte Goldmasken und Götzenbilder mit Brillanten darin – die Beute von im Land längst vergessenen Eroberungen, die der Eroberer seinen Kindern verheimlicht hatte.

Der Jüngling nahm Urim und Thummim aus seinem Rucksack. Er hatte die beiden Steine nur ein einziges Mal um Rat gefragt, damals, an jenem Morgen auf dem Markt. Das Leben und sein Weg waren immer voller Zeichen gewesen. Er verstaute die Steine in der Schatzkiste. Sie waren auch ein Teil seines Schatzes, denn sie erinnerten ihn an einen alten König, dem er nie wieder begegnen würde.

›Das Leben ist wirklich sehr großzügig mit dem, der seinem persönlichen Lebensweg folgt‹, dachte der Jüngling.

Dann erinnerte er sich, daß er nach Tarifa gehen mußte, um der Zigeunerin ein Zehntel des Schatzes abzugeben. ›Wie schlau doch die Zigeuner sind‹, dachte er. Vielleicht lag es daran, daß sie soviel reisten.

Da erhob sich wieder der Wind. Es war der Wind der Levante, der von Afrika her kam. Diesmal brachte er weder den Geruch der Wüste noch die drohende Gefahr einer maurischen Invasion. Er trug vielmehr einen Duft herbei, den er nur allzugut kannte, und einen Kuß, der sich ganz sachte auf seine Lippen legte. Der Jüngling lächelte. Das hatte der Wind noch nie getan.

»Ich bin schon auf dem Weg zu dir, Fatima«, sagte er.

Paulo Coelho
im Diogenes Verlag

Paulo Coelho, geboren 1947 in Rio de Janeiro, begann nach ausgedehnten Reisen zu schreiben. Mit seinem Weltbestseller *Der Alchimist* wurde er »neben Gabriel García Márquez der meistgelesene lateinamerikanische Schriftsteller der Welt«. *The Economist, London*

»Coelho ist Literatur für Menschen, die zwischen den Buchdeckeln eher Wärme suchen als Aufregung, die sich vom Sog jener einfachen Weisheiten mitreißen lassen, die auch Bücher wie Jostein Gaarders *Sofies Welt* oder Susanna Tamaros *Geh, wohin dein Herz dich trägt* so erfolgreich gemacht haben. Literatur als Lebenshilfe, als Zauber des Wesentlichen.«
Norddeutscher Rundfunk, Hamburg

Der Alchimist
Roman. Aus dem Brasilianischen von Cordula Swoboda Herzog

Am Ufer des Rio Piedra saß ich und weinte
Roman. Deutsch von Maralde Meyer-Minnemann

Der Fünfte Berg
Roman. Deutsch von Maralde Meyer-Minnemann

Der Wanderer
Geschichten und Gedanken. Deutsch von Maralde Meyer-Minnemann. Ausgewählt von Anna von Planta

Auf dem Jakobsweg
Tagebuch einer Pilgerreise nach Santiago de Compostela. Deutsch von Maralde Meyer-Minnemann

Unterwegs
Geschichten und Gedanken. Deutsch von Maralde Meyer-Minnemann. Ausgewählt von Anna von Planta

Veronika beschließt zu sterben
Roman. Deutsch von Maralde Meyer-Minnemann

Handbuch des Kriegers des Lichts
Deutsch von Maralde Meyer-Minnemann

Der Dämon und Fräulein Prym
Roman. Deutsch von Maralde Meyer-Minnemann

Elf Minuten
Roman. Deutsch von Maralde Meyer-Minnemann

Außerdem erschienen:

Bekenntnisse eines Suchenden
Juan Arias im Gespräch mit Paulo Coelho. Aus dem Spanischen von Maralde Meyer-Minnemann